ullstein

Das Buch

Gewohnt derb, oft skurril, doch immer sympathisch gewährt der Autor Einblick in sein Leben: seit seinen Bestseller-Erfolgen ist das nämlich ziemlich heftig. Auftritt reiht sich an Auftritt, und der selbsternannte Vorlese-Oppa gerät beim Versuch, etwas für sich zu tun und seinen Körper à la Rocky zu stählen, fast in Lebensgefahr. Deswegen bleibt er nun lieber beim Yoga. Lieblingsposition: ›Stehender älterer Herr‹.
Dabei lässt es sich auch gut schreiben, und so bleibt in seinen Texten niemand verschont: Angela Merkel, Sigmar Gabriel, die Waffenlobby, Pegida oder die FIFA – sie alle nimmt er gnadenlos auf die Schippe. Bei allem bleibt die unerschütterliche Liebe zum einzig Wahren: dem Ruhrgebiet. Nicht Ruhrpott – denn: »Im Pott wohnt man nicht, auf'n Pott geht man.«

Der Autor

Torsten Sträter wurde 1966 geboren und wuchs mit den üblichen Parametern auf: gestrickte Pullis, samstags Daktari, danach Badewanne. Mit 41 Jahren betrat er erstmals eine Poetry-Slam-Bühne. Seitdem geht es stetig aufwärts, und er tritt mittlerweile in großen Hallen sowie regelmäßig im TV auf. Wenn er nicht auf Tour ist, lebt er, wie alle Feingeister seines Schlages, im Ruhrgebiet.

http://www.torsten-straeter.de/

TORSTEN STRÄTER

ALS ICH IN MEINEM ALTER WAR

Mit einem eingeschmuggelten Text von

Jürgen von der Lippe

Ullstein

Besuchen Sie uns im Internet:
www.ullstein-taschenbuch.de

MIX
Papier aus verantwortungsvollen Quellen
FSC® C083411

Lizenzausgabe im Ullstein Taschenbuch
1. Auflage August 2017

Lektorat: Oliver Domzalski
Umschlaggestaltung: zero-media.net, München,
nach einer Vorlage von Monika Swirski
Druck und Bindearbeiten: CPI books GmbH, Leck
ISBN 978-3-548-37700-1

INHALT

DIE TV-TEXTE

*Die **Extra-3** Beiträge*

*Für die **heute-show***

*Für die **Baustelle Deutschland***

Dreieinhalb Dankesreden

*Texte für **Nuhr im Ersten***

*Ich im **kicker***

VÖLLIG HIRNVERBRANNTES ZEUG

VORWORT

Der Witz setzt immer ein Publikum voraus. Darum kann man den Witz auch nicht bei sich behalten. Für sich allein ist man nicht witzig.

Johann Wolfgang von Goethe

Ich arbeite nur in Schwarz, und manchmal in ganz, ganz dunklem Grau.

Batman, The LEGO Movie

Liebe Leserin, lieber Leser,
da sind wir wieder.

Falls Sie dieses Buch soeben gekauft haben, darf ich hoffen, Sie waren dafür in einem dieser beschatteten Buchläden, vielleicht die Sorte mit einem massiven Mischlingshund, der wie ein Sandsack nahe des Verkaufstresens liegt; möglicherweise hören Sie irgendwo fern aus dem Off eine Kaffeemaschine röcheln, und es duftet entsprechend; wer weiß, vielleicht ist links von Ihnen ein Metallständer mit Motiv-Kalendern, da gibt's ja thematisch mittlerweile alles: nackte Leiber, Katzen, Städte, Bagger, Thüringer Homöopathen mit Tribal-Tattoos, Autos, Schraubenzieheraufbewahrungsblechboxen, Hyänen, Rigips, venezianische Karnevalsmasken aus Mett und Kalender mit wechselnden Motiven aus Motiv-Kalendern, deren Abbildungen ebenfalls Abbildungen aus Motiv-Kal …

Was wollte ich sagen?

Danke für den Kauf!

Falls Sie allerdings grad im Bahnhof sind, auf Ihren Anschluss warten und aus Langeweile mit Ihren franzbrötchenbeschmierten Griffeln desinteressiert Bücher durchfummeln: Ihr Zug fährt heute abweichend auf Gleis 38. Wenn überhaupt.

So. Noch mal vernünftig jetzt:

Herzlich willkommen zum dritten Buch. Natürlich ist es wieder keine Literatur geworden. Ist mir bewusst. Der amerikanische Schriftsteller und Philosoph Henry David Thoreau sagte einmal: »Bücher müssen mit eben so viel Überlegung und Zurückhaltung gelesen werden, wie sie geschrieben wurden.« Wenn das zutrifft, können Sie als Leser völlig lockerlassen. In diesem Buch finden Sie weder Überlegung noch Zurückhaltung, denn ich hatte lediglich im Sinn, Sie zu unterhalten. Immerhin kann ich sagen, dass so ziemlich alles, was ich in den letzten zwei Jahren für Bühne, Fernsehen, Radio oder einfach nur für die Schublade verzapft habe, hier zu finden ist. Will sagen: Eine gewisse Masse ist vorhanden. Natürlich können Sie jetzt erwidern, dass Sie sich das alles auch auf YouTube zusammenklauben könnten, einiges gibt's ja als digitales Material im Netz, und ich möchte antworten: Logo. Wenn Sie so gestrickt sind. Ich bin nicht der Typ, der mit den Armen rudert und andere zwingt, mein Zeug aus dem Internet zu entfernen, und ja, vielleicht ist das kaufmännisch ein bisschen dämlich, aber ich finde es ziemlich lässig. Also tun Sie, was ihnen beliebt. Dann müssen Sie eben mit Laptop auf den Pott. Es ist aber genug Material hier versammelt, das Sie noch nicht kennen. Vielleicht aus gutem Grund, wer weiß.

Was es noch zu sagen gibt:

Die letzten zwei Jahre waren ziemlich heftig. Das hat mich ein bisschen verändert. Ich habe mehr gearbeitet denn je, falls man das, was ich so mache, als Arbeit bezeichnen möchte. Ich neige an sich nicht dazu. Ich kann ganz gut schreiben und das Geschriebene dann im Rahmen meiner Möglichkeiten vortragen – gelesen oder einfach nur so erzählt. »Im Rahmen meiner Möglichkeiten« ist das Zauberwort. Ich schreibe wie ich spreche, zumindest sehr ähnlich, und vielleicht ist das authentisch genug, um andere Defizite auszugleichen. Das hindert mich zwar nicht daran, mich beim Singen zum Vollhorst zu machen, aber ich versuche zumindest, mich weniger zu blamieren als früher. Ich kenne meine Grenzen ganz gut. Beruhigt mich irgendwie. Eine meiner Grenzen ist diese Geschichte »Fleischwurst«, eine, wie ich finde, ziemlich gelungene Erzählung über meinen Sohn, Wurst ... und meine Mutter. Meine Mutter ist im November 2013 gestorben, und sie fehlt mir, wie auch meinen beiden großartigen Brüdern, jeden Tag. Sie mochte diese Geschichte, obwohl ich mich in ihr ziemlich über sie lustig mache ... und seit sie weg ist, kann ich diese Geschichte nicht mehr vorlesen. Irgendwann bekomme ich es sicher wieder hin, und ich denke, wenn es so weit ist, wird diese Geschichte für mich, und nur für mich, zu etwas ganz Persönlichem. In diesem Buch finden Sie das Ding auf jeden Fall. Und um Ihnen noch ein Geheimnis zu verraten: Ich mag Wurst nicht besonders. Currywurst, klar! Aber Aufschnitt? Du hast keinen Schimmer, was drin ist. Mag sein, dass einige Sachen in diesem Buch etwas anderes sagen, aber so ist das mit der Satire. Man kann gar nicht genug übertreiben.

Warum ich Ihnen das alles erzähle?

Na, Sie sind meine Leserin oder mein Leser, hm? Wem denn sonst? Ich verdanke Ihnen einiges.

Ach, und keine Sorge, falls Sie das Buch blöd fanden, nehme ich Ihnen das nicht übel. Aber ich nehm's auch nicht zurück. Und wenn Sie es mochten, freue ich mich, da können Sie einen drauf lassen, wie der Volksmund sagt. Mein Sohn möchte übrigens auch gern Komiker werden, und da er ein wunderbarer, liebevoller und wirklich witziger Typ ist, wird er das auch schaffen. Ich bin für Dich da.

ABER ERST MACHST DU EINE AUSBILDUNG! ERST AUSBILDUNG! WAS VERNÜNFTIGES! ECHT!

Und nun geht's los.

Bis bald,

Ihr Torsten Sträter

Zuerst die Widmung, voller Liebe, von mir und allen, die dich lieben:

FÜR MEINE MUTTER

TEIL I

SCHÖNE GESCHICHTEN

DIENSTAG

8:00 Uhr.
Der Tag türmt sich auf. Kaffee.

8:02 Uhr.
Filtertüten sind alle. Ein Weiterleben scheint undenkbar. Lösungen müssen her.

8:32 Uhr.
Wenn man Kaffee ohne Filtertüte aufbrüht, ist er wesentlich würziger. Dafür hat er die Konsistenz von Torf. Erspart mir immerhin das Müsli. Bin ich ohnehin von ab. Denn wir müssen uns ja fragen: Warum wurde Gustl Mollath jahrelang in der Klapse festgehalten, während der SEITENBACHER-MANN auf freiem Fuß ist? Ich habe Furcht vor ihm. Mythen kursieren über den Seitenbacher-Mann. Man sagt, jeden Löffel SEITENBACHER-MÜSLI, den wir essen, hatte er schon mal im Mund. Man sagt auch: Wenn man um Mitternacht vorm Spiegel dreimal seinen Namen ausspricht, stirbt in Koblenz eine Nonne an Verstopfung. Das ist natürlich Kokolores, aber trotzdem: Diese persönlich von Seitenbacher gebellten Radiospots sind ganz ganz schlimm, und ich finde, ernährungsbedingt gut kacken zu können, darf nicht die Entschuldigung für alles sein.

8:47 Uhr

Es klingelt. Mein Nachbar. Er ist Polizist, echt nett und ein Familienmensch. Seine Oma wohnt bei ihm im Obergeschoss. Ein Mehrgenerationenhaus. Immer ist jemand daheim. Deswegen werden da auch immer meine Pakete abgegeben. Früher kam der Paketbote zu mir, aber 2009 öffnete ich mal nackt die Haustür und rief, weil mir müdigkeitsbedingt die Formulierung GUTEN MORGEN entfallen war, KIKERIKI. Und ein Mann, der mit baumelndem Pillemann kräht, ist nun mal nicht des Boten erste Wahl. Also geht das Zeug seitdem nach nebenan, und mein Freund, der Polizist, bringt es rüber. Täglich. Ich bestelle aber auch nur Sachen, die ich ganz dringend brauche.

Ich nehme ihm das riesige Paket ab. Es enthält zum einen den Motivkalender BROT 2015, mit sehr beruhigenden Fotos von Broten, zum anderen einen Hochdruckreiniger.

»Torsten«, sagt mein Nachbar. »Ich hab die Schnauze voll von dem Scheiß hier. Dein Leben hat keine Struktur. Du konsumierst nur. Kaufst du so viel Zeug, weil du einsam bist?«

»Ich bin nicht einsam. Du besuchst mich ja täglich.«

»Alter! Hol dir ein Haustier. Oder geh mal ins Theater! Und hör auf, irgendwelchen Mist zu bestellen.«

9:12 Uhr

Der Hochdruckreiniger ist aufgebaut. Wie lange dauerte es bisher täglich, sich mit einem Lappen das Gesicht zu waschen? Ab jetzt wird Zeit gespart. Ich schäume mich mit einer milden Seife ein und richte dann den Wasserfächer des Hochdruckreinigers auf mein Gesicht.

9:13 Uhr

Erste Eindrücke:

1. Mein Gesicht ist sehr sauber.
2. Die Wand hinter mir hat keine Tapete mehr.
3. Die Reinigung kann man als unangenehm beschreiben.
4. Man wirkt irgendwie unvollständig ohne Augenbrauen.

9:22 Uhr

Ich muss an die Luft. Da ist was an meiner Autotür. Eine Visitenkarte. Sie ist enorm bunt.

WIR KAUFEN IHR AUTO-HEUTE-MORGEN-JEDERZEIT-ANRUF GENÜGT-WIR ZAHLEN BAR!

Darunter eine Handynummer. Ja sicher, denke ich, denen verkaufe ich meinen Wagen. Wer für eine Pappkarte alle Farbpatronen leer knallt, ist ein großzügiger Charakter. Da rufe ich sofort an. Nach dem achten Klingeln höre ich eine übelgelaunte Stimme: »Wasis?«

»Morgen. Ist da die Kfz-Hütte, die nachts Deppen losschickt, um widerrechtlich ihre Harlekin-Botschaften an andererleuts Autos zu klemmen?«

Man hört den Typen denken. Dann sagt er: »Nee. Neenee. Wir kaufen und verkaufen ... nur ... andere Sachen.«

»Aha. Was denn so?«

»Alles.«

»Alles?«

»Ja. Alles.«

Mir fällt ein, was mein Nachbar sagte: Besorg dir ein Haustier.

»Sagen Sie«, frage ich, »verticken Sie auch Reptilien?«

11:49 Uhr

Wissen Sie, wie lange eine Spülmaschine benötigt, um Ihr Geschirr sauber zu kriegen? Lange. Wenn Sie allerdings einen Hochdruckreiniger besitzen, schrumpft diese Zeit auf ein Minimum. Folgerichtig verteile ich Löffel, Gabel, Messer und Teller auf der Wiese im Garten. Ich betröpfele alles mit Spüli. Dann stelle ich den Hochdruckreiniger auf MAXIMUM.

Schwer zu beschreiben, was dann geschieht. Es ist wie Magie. Nur in hart.

13:44 Uhr

Es klingelt. Ich blicke durch den Spion. Ein fremder Herr. Er hält einen großen Karton in den Händen, und dieser Karton bewegt sich. Ah, meine Bestellung beim Visitenkartenmann. Ich verhalte mich still. Schließlich klingelt er beim Nachbarn. Der scheint das Paket nicht annehmen zu wollen. Dann platzt die Pappe auf. Für's Protokoll: Ein Krokodil erscheint. Es gleitet blitzartig aus dem Karton und ins Haus meines Nachbarn.

Nach knapp acht Sekunden findet die Evakuierung statt. Ich gehe interessiert vor die Tür. Auf der Wiese erscheinen panisch: der Polizist, die Großmutter, dahinter das Krokodil. Eine Erinnerung aus meiner Kindheit entsteht vor meinem geistigen Auge. Ich rufe sehr laut: Tri-tra-trullala! Mein Nachbar eröffnet das Feuer, alles geht in Deckung, ich suche Feuerschutz in meinem Wagen. Betätige die Zündung, das Radio geht zeitgleich an. Großmutter, Polizist und Krokodil bewegen sich zügig auf mich zu. Im Radio sagt der Moderator:

»Ein Warnhinweis. Vorsicht auf der A2 Höhe Dortmund. Da liegt Besteck auf der Fahrbahn.«

Dann kommt die Seitenbacher-Werbung. Alle weichen wie vom Donner gerührt zurück. Sogar das Krokodil.

17:22 Uhr

Ich sehe sporadisch aus dem Fenster. Ich glaub, mein Nachbar hat Gesprächsbedarf. Allein, mir fehlt die Zeit. Vor meiner Haustür faucht das Krokodil, und ich muss es alle paar Minuten mit dem Hochdruckreiniger befeuchten. Durch den Briefschlitz. Ist ja saugefährlich. Na ja ... Das mit dem Haustier hab ich immerhin versucht, und im Theater war ich ja im Prinzip auch. Kurz.

Alles in allem ein völlig normaler Dienstag also. Jedenfalls kein Vergleich zu meinen Freitagen. Die sind gelegentlich echt ein bisschen seltsam. Aber das erzähl ich euch beim nächsten Mal.

RUHIG BLEIBEN

In letzter Zeit wird es immer unruhiger draußen.

Ich möchte hiermit aber auch mal schriftlich festhalten, dass innere Ruhe zum Beispiel aus der Erkenntnis kommt, nicht immer alles sofort beantworten zu müssen. Alle fordern zügige Erwiderungen. So läuft Kommunikation heutzutage. Im Gespräch, auf Facebook, bei Konfrontationen. Aber warum? Und wen juckt das? Sie stehen in aller Regel nicht vorm Kriegsgericht. Falls Sie etwas gefragt werden: Nehmen Sie sich Zeit zum Nachdenken, und wenn Nachdenken jetzt nicht so Ihr Ding ist, nehmen Sie sich die Zeit, um so zu tun. Und sagen Sie dabei nichts. Während der andere denkt, Sie würden in Ruhe über etwas nachsinnen, können Sie in Gedanken was singen, zum Beispiel: *Meine Oma fährt im Hühnerstall Motorrad*. Und wenn dann irgendwann später doch noch nachgefragt wird, ob Sie jetzt verkackt noch eins zu Ende nachgedacht haben, erheben Sie sich, deuten eine leichte Verbeugung an und sagen: »Ich melde mich.« Dann gehen Sie nach Hause. Es sei denn, Sie sind zu Hause. Dann gehen Sie woanders hin.

Mit Schlagfertigkeit verhält es sich genauso. Der Zwang zur schnellen Erwiderung setzt uns nur unter Stress, und der Effekt hält so lange wie ein Furz. Es ist quasi nur für den Kick, für den Augenblick. Machen Sie es wie ich:

1981 ging ich in den Grundkurs einer Tanzschule namens Brinkmann-Linde in Lünen. Dort herrschte das erste Mal in meinen Leben ein Dresscode, nämlich Sakko, Krawatte und Schnürschuhe. Ich trug eine Lederkrawatte, schmal, blau, heute ein verdammter Albtraum, damals aber als Accessoire ganz vorne mit dabei. Die Mädchen trugen Röcke und Kostümjacken mit Schulterpolstern, als wäre der Kleiderbügel noch drin, was jetzt aber keine Rolle spielt. Jedenfalls kam irgendwann an diesem Abend ein Schrat in grünem Lacoste-Polo mit Strickkrawatte zu mir, spannte mir meine Tanzpartnerin aus und sagte ziemlich laut und höhnisch: »Schicker Schlips!«

Alle lachten. Ich sagte nichts. Aber später recherchierte ich seinen Namen. Ich behielt ihn im Auge.

Dann rief ich ihn an. Nach dem achtzigsten Klingeln hob er ab. »Ja?«

Ich sagte: »Und mit deiner Häkelpeitsche würde ich mir nicht mal den Arsch abwischen«, und legte auf.

Nachts um vier.

26 Jahre später.

Und ich war mir sicher: Über dieses Telefonat würde er noch lange nachdenken.

Also: Lassen Sie sich nicht aus der Ruhe bringen. Wenn Sie ruhig bleiben, behalten Sie die Übersicht. Und ja – auch ich komme in Situationen, die furchterregend sind. Ich war letztes Jahr für einen Auftritt in Niederbayern, kam spät abends ins Hotel, die Lobby war düster, ich bog um die Ecke zur Rezeption ... und da stand eine Frau mit drei Köpfen. Bleib ruhig, befahl ich mir. Und dann ging das Licht an, und ich sah, AHA, ein Dirndl. Alles absurd hervorquellend – aber kein Grund zur Panik. Sieht man eben selten. Nimm dir einfach Zeit. Schön ruhig. Dann klappt es besser.

Es gibt so viele Beispiele. Einmal war mein Sohn bei mir und machte Hausaufgaben. Dabei murmelte er halblaut vor sich hin. Ich merkte sofort, da lief was schief.

Kein Wort am richtigen Platz, schlimm verschwommene Aussprache, und für einen Schlaganfall war er zu jung. Ich blieb ruhig, suchte sanft die Nummer eines Logopäden aus dem Branchenbuch, dem würde beizukommen sein. Dann kam mein Junge zu mir, ich hatte den Hörer schon in der Hand, und anhand seiner Hausaufgaben erkannte ich, AHA, er hat jetzt Niederländisch, und ich konnte wieder auflegen.

Das beste Beispiel liefert allerdings mein Bruder. Diese Geschichte ist wahr.

Mein Bruder fährt jedes Jahr nach Dänemark auf einen Campingplatz; er besitzt ein Wohnmobil von der Größe Brandenburgs, das dafür aber auch die gesamte Familie fasst, und – à la Arche Noah – zwei Exemplare jeder Tiergattung. Groß! Aber schnell geht anders. An jenem Tag der Anreise indes hatte er es eilig. Der kleine Bäcker des Campingplatzes bietet die besten und auch einzigen Brötchen im Radius von 30 Kilometern – die einem in Dänemark wie 120 Kilometer vorkommen. Punkt acht beginnt der Verkauf. Die Brötchen stets vor Augen, schaffte er es, um 8:04 Uhr auf dem Platz anzukommen, sah die noch kurze Schlange hungriger Camper aller Nationen und parkte folgerichtig direkt vorm Schaufenster der Bäckerei, woraufhin es in der Bäckerei zappenduster wurde. Camper sind lässige Klienten, aber als mein Bruder sich in die Karawane der Wartenden eingereiht hatte, ging hinter ihm die Lästerei los, und das weder leise noch subtil.

»Da hat der Prolet ja gut geparkt. Hauptsache, er kann sich den Pansen vollschlagen.«

Klang dem Slang nach wie jemand, der entweder betrunken oder aus dem Rheinland war. Und für betrunken war's zu früh. Mein Bruder sagte nichts. Er drehte sich auch nicht um. Unsereins hätte vielleicht doch überlegt, dem Suppenkasper das Esszimmer neu einzurichten, aber mein Bruder blieb ruhig. Der Mann redete weiter. Laut.

»Das sind die rücksichtlosen Ruhrpottärsche. Typisch.«

Mein Bruder schwieg.

»Und schlank ist er auch nicht grade. Bewegung täte ihm ja gut, dem dicken Tier ...«

Mein Bruder schwieg weiterhin ... dann war er an der Reihe.

Verkäuferin: »Wie viele Brötchen?«

Bruder: »Alle.«

War nicht billig, aber er ging lächelnd. Mit neun Tüten. 280 Euro. Wo andere einen Phantasialand-Aufkleber am Wagen haben, steht nun bei meinem Bruder: PANIERMEHL FOREVER.

Klar, manchmal ist die Ruhe kostspielig. Aber das ist sie meistens wert.

LÄUFT

Das Jugendwort des Jahres 2014 war: LÄUFT BEI DIR? Gut, das sind drei, außerdem fehlt eins, aber ich will nicht klugscheißen. Ich mache es mir ja immer ziemlich leicht.

Deswegen werde ich häufig gefragt: Sachma Sträter, alte Surge – warum kannst du deine Texte nicht auswendig? Warum immer dieses Gehocke und Vorgelese? Nun, zum einen habe ich mit etwa sieben Jahren festgestellt, dass ich lesen knorke finde, und dann direkt als Nächstes, dass ich total super sitzen kann. Dass ich meine Kernkompetenzen so früh herausarbeiten konnte, war schon toll für mich. Außerdem kann ich alle meine Geschichten auswendig! Aber Vorlesen ist ein paar tausend Jahre alt. Und ich finde, Sachen, die ein paar tausend Jahre alt sind, stehen mir irgendwie. Und vorgelesene Inhalte haben so eine angenehme, langsame Tiefe. Man könnte sicher auch die Gutenachtgeschichte fürs Kind als Stand-up-Nummer präsentieren, so etwa:

»Kennen Sie das? Sie kommen als Rotkäppchen, original mit roter Kappe auf der Hirse, in Ommas völlig versiffte Rentner-Hütte, denn die Omma hat gesagt, komm vorbei und bring 'ne Flasche Aperol mit – Aperol Spritz, kennen Sie? Als ich den Namen das erste Mal hörte, dachte ich, es wäre ein Insektenvernichtungsmittel, JÜRGEN! ICH HAB SOLCHE BORKENKÄFER! HOL DAS APEROL UND SPRITZ! – jedenfalls, du kommst da rein, erwartest die Omma im Bett liegend und BÄMM! 'N Tier. Du stehst da und rufst: KACK DIE WAND AN! EIN WOLF! Und er trägt Ommas Klamotten! Klar, du kommst dahinter, er hat die Omma gefressen, gut, da gehen wir konform, aber warum zum Schinder zieht er dann ihr Zeugs an? Was ist das für ein kranker Shit? Ich mein, ich hab x-mal *Der weiße Hai* gesehen, kann mich aber nicht erinnern, dass er nach dem Fressen eines Schwimmers versucht hat, sich in dessen Badehose zu pressen, na ja Märchen, und überhaupt, warum heißt das Mädchen Rotkäppchen, um Gottes willen? Wegen der roten Kappe. Gut. Läuft. Und wenn die Kappe mal in die Wäsche muss? Dann geht das Mädchen ohne Mütze raus, trifft den Wolf, sagt: Ich bin Rotkäppchen, und der Wolf so: Warum?«

Aber bei so was pennt Ihnen doch kein Kind ein. Vorlesen ist schön. Und Lesen erst recht. Das bringt uns zu Punkt zwei auf meiner Liste. Ich hab's schon mal gesagt, ich sag's noch mal:

Bitte lesen Sie. Ich bin natürlich auch am Internet interessiert, klar, und es gibt 'ne Menge Sachen, die man super im Internet kaufen kann:

Rübezahl als Lampe aus Beton.

Gestrickte Futterale für Kettensägen.

Einhornmützen für Hauskatzen.

Latexmasken mit Teekesselpfeife am Mundstück.

Was man nicht im Internet kaufen muss: Bücher. Ist nicht nötig. Wir haben, zumindest noch im Moment, die Buchpreisbindung. Kostet also überall das Gleiche. Also bitte ich Sie lieb, kaufen Sie Bücher im Buchladen.

Das macht Spaß! Buchläden sind diese Geschäfte, in denen es nach Tee und Papier riecht, Läden, in denen der Besitzer komplett in Cord gekleidet ist, aber wirklich komplett. Auch die Socken. Buchhändler sind besondere Menschen! Bibliophile Leseratten und Kaufleute, die Kunden haben, die reinkommen und sagen: »Guten Tag, ich hätte gern einen historischen Roman, der darf aber nicht in der Vergangenheit spielen.« Also 'n harter Job. Antiquarische Bücher, die man sonst nirgends findet, kann man natürlich im Internet suchen, Titel wie: 2000 JAHRE GÜTERSLOHER PENIS-LYRIK oder so. Aber der reguläre Buchhandel sollte erste Wahl bleiben. Sonst gibt's den irgendwann nicht mehr. Ich gehe so gern in Buchläden. Es ist ein Abenteuer.

In Baden-Württemberg war ich mal in einem esoterischen Buchladen! Fantastisch! Was für großartige Titel die da hatten. Kein Scherz:

TRAUMREISE MIT DEINEM KRAFT-TIER.

Vielleicht bin ich der Einzige, der sich vorstellt, er wird nachts um drei von einem marodierenden Dackel mit Rucksack geweckt: »Wir müssen los! Komm! Traumreise, Penner«. Jedenfalls bestimmt spannendes Buch. Oder:

DER ZWEITE KÖRPER.

Krass. DER ZWEITE KÖRPER! Ich hab dann auch gedacht, na wenn das 'n Buch über Beziehungen ist, ist der Titel 'n bisschen lieblos formuliert: EY! WO IST DER ZWEITE KÖRPER? – IM REWE. ER HOLT BUTTER.

Und mein Liebling, ein großartiger Lebensberater mit dem Fettgedruckten Titel JETZT! Sensationell. JETZT! Hab mir das Buch geschnappt, bin zur Kasse und habe gesagt: »Können Sie mir das für später zurücklegen?«

Egal. Was wollte ich sagen? Lesen Sie bitte. Ruhig Bücher aus Papier. Nix gegen E-Books, aber die kann man so schlecht verleihen. Oder verkaufen. Oder signieren. Und mir ist mal vor einiger Zeit eine CD angeboten worden, auf der sich ein paar Hundert digitale Bücher befanden. Als Raubkopie. Zack, so schnell geht's.

Wollen Sie jedoch ein ganz normales Buch raubkopieren, stehen Sie die halbe Nacht vorm Kopierer, verquollen und arschmüde, und müssen dann für Ihr Raubexemplar 180 Euro nehmen, sonst rechnet sich das nicht. Ich finde, das ist ein prima Kopierschutz. Also, wenn Sie mich fragen: ab in den nächsten Buchladen. Wenn wir das tun, gibt's vielleicht irgendwann nicht mehr so viele leerstehende Ladenlokale, vor denen wir dann wiederum stehen und rufen: BUCHHÄNDLER? LÄUFT BEI DIR?

Okay?

Dankeschön.

ÖDIPUS

Meine früheste hochkulturelle Erinnerung ist ein gemeinsamer Museumsbesuch. Also ich und meine Mutter. Sie war die treibende Kraft, ich wollte ins Freibad. Sie sagte: »Denk doch mal nach!« Der Spruch rangiert auf der Top-Ten-Liste mit blöden Eltern-Sprüchen zwischen Platz zwei und drei. »Denk doch mal nach, es ist Januar!« Da muss ich nicht nachdenken, da guck ich in die Zeitung, auf meine Uhr oder das Handy, und dann weiß ich das. »Weiß ich«, sagte ich also, »und?« – »Da haben Freibäder zu.« – »Warum?« – »Zu wenig Nachfrage.« Ich fragte nicht weiter nach, und so landeten wir im Museum. Moderne Kunst. Schon das zweite Bild fand ich toll. Rückschauend sage ich: So sah es in meiner Mikrowelle aus, als ich mal versucht habe, darin zwei Eier hart zu kochen. Damals fehlten mir die Worte, es gab ja noch keine Mikrowellen. Aber meine Mutter sagte einen Satz, der in meiner Kinderseele den Grundstein für eine nicht nur positive Einstellung legte: »Also dat könntest du auch, nur besser!« Ich habe nie gemalt. Meine Psychiaterin hat mir das später mal so erklärt: Mutter fand das Bild so scheiße, dass sie sogar mir zutraute, ein schöneres zu malen. Ich fand das Bild aber klasse. Die Botschaft, die bei mir ankam, war also: Alles, was irgendjemand toll macht, kann ich besser. Und Ödipus hat seinen Senf sicher auch noch dazugegeben.

Als die Bayern 2015 im Pokalhalbfinale das Elfmeterschießen gegen Dortmund versemmelten, saß ich mit meinem Sohn vor dem Fernseher und sagte viermal: »Dat kann ich auch, nur besser.« Mein Sohn erwiderte:

»Schon klar.« Nun trug es sich zu, dass in der Stadt Kirmes war, mit allem Zipp und Zapp. Ich fragte also: »Sohn, wollen wir auf die Kirmes gehen und gucken, ob den Leuten bei den Kopfüberfahrgeschäften Geld aus der Tasche fällt?« »Nein, lass uns lieber ins Freibad!« – »Warum das denn?« – »Da kann man doch viel besser klauen.« Zwei Empfindungen rangen miteinander um die Vorherrschaft in meiner Vaterbrust: Sorge ob der kriminellen Energie meines Kindes und Freude über die jähe Erinnerung an einen alten Witz, den ich einmal sehr geliebt habe: Sitzen zwei Pillemänner im Freibad, sagt der eine: »Kommst du mit ins Wasser?« Sagt der andere: »Und wer passt auf unsere Säcke auf?« Also sagte ich: »Das Freibad läuft uns nicht weg, da können wir auch noch im Januar hin, die Kirmes ist nur zwei Wochen hier.« – »Gut, aber nur, wenn du alles mitmachst.« Warum ich sagte: »Worauf du einen lassen kannst«, darüber soll sich meine Psychiaterin Gedanken machen, wir diskutierten am Eingang kurz die Frage: »Zickzack oder links hin und rechts zurück?«, und entschieden uns für Letzteres. Haben Sie schon mal Pommes in Motoröl frittiert? Sie nicht, ich nicht, aber der Schrat in der Pommesbude. Das Angebot, die Dinger gegen mein Geld zurückzutauschen, schlug er aus.

Die nächste Station war eine Zuckerwatte-Manufaktur. Zuckerwatte ist süß und klebt. Und ich war gerade dabei, mir einen Vollbart wachsen zu lassen, 18.Tag. Nicht gut. Aber jedes Schlechte hat sein Gutes, sagt der Talmud, und so konnte ich an der Schießbude wenigstens etwas Zeit gewinnen, indem ich sagte: »Was ist das denn für eine eklige Knarre? Der Kolben klebt ja richtig, hier, fühlen Sie mal!« Nachdem ich drei Gewehre eingesaut hatte, sagte mein Sohn: »Jetzt bin ich dran.« Drei Schuss, zwei Treffer, weil ich ihn beim dritten Schuss unauffällig anstoßen konnte. Auf dem Weg zum Autoscooter sagte ich: »Wenn du eines Tages Kinder hast, versprich mir, dass du meine goldene Erziehungsregel befolgst: Verschaff deinem Kind, wann immer es geht, ein Erfolgserlebnis!« – »Schon klar.« Beim Autoscooter sagte der Typ an der Kasse, als ich zwei Chips orderte: »Ihren Führerschein, bitte!« Ich darauf: »Seit wann muss man hier die Pappe zeigen?« – »Müssen nicht alle, nur die Geizigen.« Ich verstand den Wink und nahm fünf Chips. Der Scooter war halb voll, wir suchten uns einen optisch besonders ansprechenden Wagen, ich setzte mich ans Steuer und hatte den Knaben wohl fest im Arm, wie es im Erlkönig heißt. Irgendein Pannemann hatte das Ding auf rückwärts gekurbelt, und so dauerte es einige Zeit, bis wir die Fahrflächenmitte ansteuerten. Ich hatte nur Augen für eine herbe Schönheit mit Tochter im Wagen vor uns und wurde deshalb von der Attacke eines Penners mit Glatze und Sonnenbrille total überrascht. Einer von meinen vier Restchips flog auf die Fahrbahn. Ich sagte: »Sohn, du übernimmst und fährst immer um den Chip rum, bis ich ihn habe« und stieg aus. Mein Sohn tat, wie ihm geheißen, alles ging gut, nur als ich wieder einsteigen wollte, rammte die Arschgeige von vorhin uns noch mal, sodass ich in hohem Bogen aufs Blech flog. Zum Glück war die Fahrt in dem Moment zu Ende. Zwei zum Mitreisen gesuchte junge Männer wollten mir aufhelfen, ich schüttelte sie ab und steuerte die Glatze an. »Sportsfreund«, sagte ich mit der Stimme, die ich zum Synchronisieren von Clint Eastwood verwenden würde, »ich habe während des Vietnamkrieges geboxt, möchtest du eine Linke auf die Leber oder eine Rechte aufs Geäse?« – »Gegenvorschlag«, sagte er, » ich gehöre zu der Boxbudentruppe, wir fangen um 18:00 Uhr an, und ich lade dich herzlich zu drei Runden ein. Wenn du gewinnst, 50 Euro.« – »Au ja, Papa, das machen wir!«

Wie das ausging, ist eine andere Geschichte. Im Film heißt so was »Cliffhanger« – und damit in die Werbung.

MÄNNER SCHWEIGEN

Korrektes, verantwortungsvolles Schweigen ist für den Mann essenziell wichtig.

Man muss nicht immer reden. Stimmt das?

Hier eine passende Prüfungssituation. Arbeiten Sie bitte konzentriert mit. Zwei Beispiele:

1. In einem Film namens *Für eine Handvoll Dollar* machte Clint Eastwood ein Loch in eine übel gemusterte Pferdedecke und zog sie über den Kopf. Dann steckte er sich eine an, grunzte alle halbe Stunde was Einsilbiges und erschoss dazwischen wortlos so ziemlich jeden Typen, der ihm in der spanischen Pampa vor die Knarre kam, inklusive des Kameramanns.

2. Gegenbeispiel: In einem Film namens *Für eine Handvoll Dollar* machte Clint Eastwood ein Loch in eine übel gemusterte Pferdedecke und zog sie über den Kopf. Dann steckte er sich eine an und sagte zu den vor ihm stehenden vier Banditen: »So, ihr unrasierten Gesellen, dann werde ich euch mal schön erschießen, ne? Erst dich da, dann dich, dann den da vorne, und zum Schluss bist du dran, Kollege. Und dann geh ich mir ein Bier reintun, irgendwo um die Ecke, hopp aufs Pferd und dann mal schauen, wo noch was aufhat, ich vertrag ja auch nicht alles, das muss schon 'n bisschen was Mildes sein, von so scharfem Zeug bin ich immer am Aufstoßen, und wenn dir das passiert, während du auf dem Gaul hockst, kannst du ja mal sehen, wie die Mähre auf so ein Bäuerchen reagiert, da scheut der

Stratege wie nur was, und zack sitzt du mit'm Arsch im Sand, und das braucht auch keiner, müssen wir nicht drüber reden, vor allem, weil er 'n guter Gebrauchter ist, ich überleg grad, welchem Schoschonen ich den aus dem Kreuz geleiert habe, war aber für 'ne schmale Mark, gut, kackt überall hin, aber ein Pferd ist ja auch nicht Rusty, der Wunderhund, da musst du drüberstehen, und solange er läuft, sag ich mir immer, komm, warum nicht, und überhaupt war der ganz günstig, aus erster Hand, waren noch die Schoschonenbezüge drauf, hoho, kleiner Scherz, komm egal, ich töte euch jetzt und dann 'n Bier, hab ja 'ne Handvoll Dollar, oder nehmt ihr nur Peseten hier?«

Sie sehen: Passt nicht. Eastwood war wirklich schweigsam in seinen Western. Der Film hätte auch *Für eine Handvoll Fresse halten* heißen können. Trotzdem hat man alles mitgekriegt. Eastwood hat es uns vorgemacht, und im Alltag sollten wir Männer uns dran halten. So wenig wie möglich, so viel wie nötig.

Wie fatal lange Dialoge zwischen Mann und Frau sind, zeigt überdies mein Lieblingswitz:

Schatz, das Auto ist kaputt.
Unsinn.
Doch, das Auto ist kapuuutt.
Ach ja? Was hat's denn?
Wasser im Vergaser.
Ach komm. Blödsinn.
Doch. Hat es wohl.
Schneckchen, ich will dir mal was sagen, du weißt doch gar nicht, wo der Vergaser sitzt!
Das stimmt aber!

Der Vergaser ist ein komplex verbautes Teil, an den man so ohne Weiteres gar nicht rankommt, Püppi!
Der hat aber Wasser im Vergaser.
Da bestehst du drauf?
Ja.
Na schön, ich zeig dir mal, wo was beim Auto ist. Wo ist der Wagen?
Im Pool.

Ja. Das regt zum Nachdenken an.

Fazit: Männer benötigen grundsätzlich eigentlich nichts weiter als zwei Gesten, um stressfrei und doch unmissverständlich durchs Leben zu segeln: das V-Zeichen und den DAUMEN. Mehr ist nicht nötig. Diese Gesten decken alles ab. Vom Kindergarten bis zum Krematorium kommt man auch in dicht besiedelten Gebieten damit zurande. Hier die Aufschlüsselung der Bedeutungen:

Das V heißt:
Vergiss es! ✌
Sieg. ✌
Zwei Bier. ✌
Ich seh dich. ✌
Schere. ✌ (Wenn Sie sehr groß und kräftig sind, auch:
Stein.✌ Papier. ✌ Brunnen. ✌)
Zwei Fingerbreit von dem Zeug ins Glas. ✌
Nee, da werde ich nicht blind von. ✌

Die andere Geste wie gesagt: Daumen. 👍
Bedeutet:
Super. 👍
Etwa 30 Meter. 👍

Steht. 👍
Das ist der Daumen, der schüttelt die Pflaumen. 👍
Hast du Feuer? 👍
Nicht super. 👍
Zieh mal. 👍
Nimm mich mit, mein Auto hat Wasser im Vergaser. 👍

Im Prinzip braucht man also als Mann nur einen Arm.

Aber wenn Sie reden MÜSSEN, tun Sie sich selbst einen Gefallen: Finger weg von blumigen Redewendungen. Die meisten taugen nichts! Beispiel: TRÄUME NICHT DEIN LEBEN, LEBE DEINEN TRAUM!

Klar doch ... ich habe zum Beispiel letzte Nacht geträumt, ich hätte alle getesteten Waffeleisen aus der Stiftung Warentest bei mir zu Hause aufgestellt und nach allen Regeln der Kunst zusammengeschissen. Außer dem Gewinnerwaffeleisen. Der Testsieger kostete 30 Euro und backte Waffeln. Der absolute Verlierer kostete über 300 Euro und ließ den Backteig wie angeranztes Pferdeejakulat aussehen, wählte sich dafür aber unbemerkt in dein WLAN-Netz ein und funkte Kommandos an außerirdische Invasoren.

Den Verlierern sagte ich mit dröhnender Stimme:

Ihr LOSER! Warum verbraucht ihr so viel Strom? Ich will ein Waffeleisen und keine Nachtspeicherheizung! – Was soll ich mit euch tun? Es gibt ja so Schuhverkäuferinnen, die, wenn man sie fragt, ob's diesen Sneaker noch in 43 gibt, antworten: »Ja, aber dafür muss ich ins Lager!« Wer will schon, dass die arme Frau ins Lager kommt? Ich gewiss nicht. Ich habe kein Interesse daran, die Dame wegen meines Wunsches durch ein mit NATO-Draht eingezäuntes Barackendorf taumeln zu sehen, wo sie so lange seelisch gebrochen wird, bis ihr am bitteren Ende nur noch eines bleibt: Lidl.

Aber ihr, die ihr euch Waffeleisen zu nennen wagt, gehört in ein Lager – oder am besten gar nicht erst gebaut, ihr Aufklapp-Nazis!

Mit dem Gewinnerwaffeleisen indes fuhr ich in meinem Traum nach Phantasialand, und dann schlief ich mit ihm. Zur Musik von INDIANA JONES.

Das habe ich geträumt – aber ich werde meinen Traum nicht leben und meinen Pillemann in ein glühendes Waffeleisen schieben, No Way, kommt nicht in Frage.

Sie sehen: Weniger ist mehr. Also schweigen Sie.

Ich fang schon mal an.

DARMSPIEGELUNG

Kümmert euch zuerst um die innere Reinheit, dann ist auch alles Äußere rein.

(Neues Testament, Matthäus, Vers 23, 26)

Sprechen wir über Darmspiegelungen. Da dieses Thema eine sprachliche Sensibilität erfordert, die mir am Telefon völlig abgeht, habe ich Ihnen das mal aufgeschrieben.

Etwa 70.000 Menschen erkranken in Deutschland jährlich an Darmkrebs; knapp die Hälfte stirbt. Das muss nicht sein.

Gehen Sie zur Darmspiegelung. Hab ich auch gemacht. Und ich bin Angstpatient. Ich nehme neun Kapseln Johanniskraut, bevor ich zur Fußpflege gehe. Aber die Darmspiegelung ist echt pillepalle.

Wichtig ist nur, dass Sie sich in die Hände eines Spezialisten begeben – also von irgendwem, der hauptberuflich was mit Medizin macht. Wohlgemeinte Angebote vom Nachbarn, er könne das auch in seiner Garage machen, ganz lässig mit Halbzollschlauch und im Stehen, und vorher schön 'n Fernet, klingen erst mal verlockend, aber lassen Sie sich gesagt sein: Sie haben keinen Halbzollanschluss. Zumindest keinen, der plan abdichtet. Und selbst wenn, bedenken Sie die alte Handwerkerregel: Nach fest kommt ab.

Gehen Sie stattdessen zum Arzt. Um Ihnen mal die Angst zu nehmen, erklär ich mal den Ablauf. Das Ganze dauert insgesamt zwei Tage.

Tag 1: Sie sind zu Hause und trinken Wasser. Und zwar so viel, wie im Hahn ist. Im Wasser lösen Sie ein Pulver auf, dessen Name mir entfallen ist, aber GROSSER RÄUMUNGSVERKAUF trifft es ausgezeichnet. Seien Sie gewissenhaft bei der Reinigung Ihres Darms: Wenn Sie abends einen fahren lassen und ein Echo hören, ist alles okay. Aber: Sie dürfen heute nichts essen! Morgen ist die Reise ins Ich.

Tag 2: Sie gehen in die Praxis oder ins Krankenhaus, betreten die Abteilung Popo und checken ein. Bei mir war's so: Die hatten grad Los Wochos, also ganztägig Endoskopie-Happy-Hour im Akkord. Ich bekam eine Injektion, und husch, ging's nach Nimmerland. Ich habe von Leuten gehört, die so eine Spiegelung ohne Narkose durchziehen, aber dann würde ich mich vermutlich benehmen wie eine Handpuppe von Sascha Grammel. Nix für mich. Wenig später wurde ich wachgerüttelt. Der Arzt meinte, man würde das jetzt noch auswerten und ich könne solange draußen im Gang warten.

Zack, so einfach geht's.

Während ich allerdings hinausging, auf den Gang, zu Menschen, denen vielleicht ein Fußnagel eingewachsen war ... – ich sach mal so: Hätte ich eine Teekesselpfeife im Hintern gehabt, dann hätte Conchita Wurst nicht den ESC gewonnen.

Aber: Es tat nicht weh, ich konnte direkt danach ein Mettbrötchen essen und war beruhigt. Und nun: Tun Sie es mir bitte nach. Weil's wichtig ist. Es muss ja kein Hobby werden. Bei uns im Ruhrgebiet gibt's diesen Ausspruch: Die beste Krankheit taugt nix. Und außerdem wollen wir ja nicht, dass traurige Ärzte mangels

Darmspiegelungs-Patienten mit einem weiteren Ausspruch aus dem Ruhrgebiet kommen, der da lautet: Man steckt nicht drin.

Also: Los geht's!

BATMAN

Diejenigen, die mich schon live erlebt haben, kennen mich als ständig verspäteten Vorlese-Oppa, aber selbstredend ist das nicht die ganze Wahrheit. Man bekommt nie die ganze Wahrheit. Weder sagt einem der eigene Friseur, was Sache ist, nämlich dass blonde Strähnchen bei Männern nur dann erlaubt sind, wenn man damit die Narben einer Hirnoperation verdecken muss (wobei eine Hirnoperation überhaupt erst der Grund sein kann, als Mann auf blonde Strähnchen zu kommen). Noch wird offenbart, dass das Softeis, das im Sommer aus diesen sonderbaren Maschinen georgelt wird, eigentlich ein Abfallprodukt ist, das sich bei der Herstellung von Styroporkleber abspaltet und nachts von unbeschrifteten Lkws von Baumarktfilialen zu Langnese transportiert wird, die das Dreckszeug dann mit Vanillearoma versehen. Darum soll's jetzt aber nicht gehen.

Sondern um Geheimnisse. Mein Geheimnis.

Klar, tagsüber, im sogenannten normalen Leben verhalte ich mich völlig natürlich, wie ihr auch: Ich packe zum Beispiel Pakete und lege die übliche Liste bei:

- 4 Paar Gummistiefel (1x Motiv Biene Maja, 2x UNI, 1x Farbe nicht mehr zu bestimmen)
- 2 Paar Pantoffeln, Cord, faschistenbraun
- 1 Paar ADIDAS-Treter, Baujahr 87, von mir mit Edding mit den Worten ACIIIID beschriftet
- 22 Paar reguläre Straßenschuhe in verschiedenen Stadien der Verwesung
- Und ein Paar fliederfarbene Pumps, brandneu, 19,95 Euro

Letztere habe ich von ZALANDO, und die schicke ich dem Verein jetzt zurück, zusammen mit all den anderen verdorbenen Schorken auf der Liste.

Die sagten nämlich am Telefon, ich könne ALLE Schuhe bei Nichtgefallen an ZALANDO zurücksenden, und obengenannte Liste enthält genau jene Schlappen, die mir nicht nur nicht mehr gefallen, sondern auch stinken, um Brot betteln oder sonst irgendwie gefährlich sind. Hätten die Zalandisten sich präziser geäußert, wären es eben nur die Pumps, aber sprachliche Ungenauigkeiten gehören bestraft. Man kennt das. Ich bin ein gewöhnlicher Typ. Ich bin viel daheim. Schon, weil ich meinen WLAN-Bereich gerade nicht verlassen kann, weil mein Kumpel Olli mir die ersten fünf Staffeln von Breaking Bad rüberschickt. Per WhatsApp. Das wird sich bis Dezember ziehen, aber neue Technologien wollen genutzt werden. Ich bin immerhin 49. Aber zwei Jahre jünger als Brad Pitt. Nur mal so zum Vergleich.

Ein interessanter Vergleich, der jetzt allerdings nicht sonderlich abendfüllend ist, da Brad Pitt vor Geld kaum geradeaus gehen kann, mehr Haare hat als ein Alpaka-Schaf und sein Körperfett ganz offensichtlich in einer gut bewachten Lagerhalle in Brooklyn aufbewahrt. Alles in allem hinkt dieser Vergleich nicht nur, ihm sind die Beine amputiert worden und er lehnt mit nässenden Stümpfen an einem Kettenkarussell in Wattenscheid. Der Vergleich jetzt. Nicht Brad Pitt. 49. Aber ich habe ein Geheimnis. Denn:

Meine Wohnung sieht aus wie eine Tropfsteinhöhle. Stalagmiten und Stalaktiten, wohin des Betrachters Auge reicht, alles komplett aus FIMO; ich habe knapp zwei Tonnen von dem Material verarbeitet und zahle noch zweieinhalb Jahre Raten an einen Kindergartenbedarfslieferanten. Nachts, oder am Frühabend oder, ganz konkret, direkt nach Spongebob auf Nick-TV, werde ich zu etwas anderem. Zu einem Symbol.

Der aufmerksame Zuhörer hat's schon kapiert, als ich FIMO sagte, für alle anderen sei es klargestellt.

Ganz richtig: Ich bin BATMAN.

Das mit der Bathöhle unter dem Anwesen hat nicht funktioniert, weil mein Nachbar im Keller seine riesige Carrera-Bahn aufgebaut hat, also habe ich mein Hauptquartier in meine Wohnung verlegt; das führt dazu, dass ich zur Wahrung meiner Geheimidentität genötigt bin, Besucher ausschließlich in meinem Badezimmer zu empfangen – kein Problem.

Jedoch – und das ist ein Problem – wurde ich der Verbrechensbekämpfung kaum noch Herr. Waltrop, links hinter Dortmund, ist trotz knapp 28.000 Einwohnern ein Schmelztiegel amoralischer Taten, und ich habe alle Hände voll zu tun. Schon nachdem ich das erste Mal meine Schwingen ausgebreitet hatte, war ich mit der Stadtverwaltung übereingekommen, dass ein Signal auf dem Dach des Rathauses eingerichtet wird, um mich des Nachts zu verständigen.

Es war ein gigantischer Scheinwerfer, der Millionen von Kilowatt Energie verschlang, weswegen im Dunkel der Nacht nicht nur mein Zeichen, sondern immer öfter auch Sponsorenwerbung in den Himmel projiziert wurde. Das war nicht schön, aber ich verstand den Finanzdruck der Stadt. Trotzdem bekümmerte mich stets, vom Balkon aus den Nachthimmel im Auge behalten und dabei Sachen lesen zu müssen wie »SAMSTAG FLATRATE-SAUFEN im DELTA-Park«.

An sich war klar vereinbart: Falls Batmans Unterstützung vonnöten war, sollte eine schlichte Fledermaus am Himmel erstrahlen. Doch eines Nachts war das Maß dann voll. Ein Blick auf den Nachthimmel – die hatten ja wohl den Arsch auf.

Ich griff zum Telefon – die Rufnummer war unterdrückt, man ist ja nicht doof – und erreichte die Bürgermeisterin, nachdem ich 72-mal hatte klingeln lassen. »Ja Herrgott noch mal« kreischte sie. »Was soll das?«

»Schön, dass Sie noch wach sind. Hier ist BATMAN.«

»Ja, ja. Was wollen Sie?«

»Wir hatten ja wohl vereinbart«, sagte ich, »dass Sie mein Symbol ausstrahlen.«

»Und?«

»Was und? Was steht denn da am Himmel? Gehen Sie zum Fenster, Bürgermeisterin. WAS STEHT DA?«

Ich hörte einen Vorhang rascheln, dann las sie es mir vor.

»Äh... Hallo, Batman, Smiley, Ausrufezeichen. Da macht sich wer an der Tür vom LIDL in der Innenstadt zu schaffen. Sieh mal nach dem Rechten, du. Aber park nicht wieder auf der schraffierten Fläche am Marktplatz, das gibt nur Scherereien. Lol.«

»Was soll die Kacke? Die Praktikanten sollen ihre Wichsgriffel vom Symbol lassen. Wo ist die Fledermaus?«

»Das gab Ärger mit Bacardi. Copyright. Die Fledermaus ist deren Zeichen.«

»Die machen Rum«, sagte ich.

»Mit wem?«, fragte die Bürgermeisterin.

»Wie mit wem? Die machen Rum. Tun Sie was.«

»Geht nicht. Wir können Sie ja anrufen, wenn was ist.«

»Sind sie bekloppt?« Ich legte auf.

Dann ging ich ins Wohnzimmer. Mein Multimediaterminal war darauf programmiert, dramatische Musik zu spielen, während ich den Batman-Kampfanzug anlegte; allerdings stimmt irgendwas mit der Shuffle-Funktion nicht, weswegen ich zu Tabaluga von Peter Maffay in den Latexeinteiler steigen musste.

Ich bekam mal wieder die Stiefel nicht an. Verdammt. Der Anzug war aus Latex, darüber eine Schicht schützendes Neopren, an Knien und Ellenbogen trug ich Kevlar-Schützer, der Brustpanzer bestand aus Kunststoff mit einer dämmenden Schicht Eisen, und so wog der ganze Aufzug knapp 90 Kilo, weswegen ich bereits beim Ankleiden 4000 Kalorien verbrauchte. Zudem hatte ich eine selbst entwickelte Heizung eingebaut, die über feine Schläuche die einzige Flüssigkeit durch den Anzug pumpte, die garantiert nicht festfror oder gerann: Metaxa. Im Winter war's immer schön warm, aber allzu oft hielten mich im Dunkel der Nacht Besoffene an und bestellten lallend einen Gyrosteller.

Eine Stunde später erreichte ich mit meinem Batmobil die Innenstadt von Waltrop.

Das Batmobil ist ein nachtschwarzer Passat ohne TÜV, den ich selbst mit der Rolle gestrichen habe, denn ich konnte das Fahrzeug nicht einfach so in eine Lackiererei geben, wie jedem klar sein muss. Der Bordcomputer lief stabil mit Windows 95, und die Navigation verfügte über alle Karten, außer Deutschland, was schade war. Dafür leuchtete sie schön blau.

Die Tür des LIDL war professionell geöffnet worden, wie ich kurz darauf feststellte. Kein nennenswerter Schaden.

Ich nahm mir dreißig Tüten Fisherman's Friends, denn diese Sache mit der verstellten Stimme ging ganz schön an die Substanz. Hier war nichts mehr zu machen. Ich setzte mit dem BATMOBIL zurück, rutschte von der Kupplung und fuhr den Eingangsbereich des LIDL zu Klump.

Ich stieg aus. Ruckedigu, Blut ist im Schuh. Scheiße. Jetzt aber nichts wie weg hier.

Im Gebäude gegenüber ging das Licht an, und dann öffnete jemand das Fenster.

»Wer sind Sie?«, brüllte ein – der Stimme nach älterer – Herr zu mir hinunter.

»Ja wie seh ich denn aus, Mann?«, brüllte ich zurück.

»Weiß nicht«, schrie er. »Knecht Ruprecht?«

»Knapp daneben. Hol mal dein Monokel aus der Schublade.«

Aus der Ferne hörte ich Sirenen. Sie kamen schnell näher.

»Ist das 'ne Wehrmachtsuniform?«

»Das hättest du wohl gern!«

»Ich seh das doch an den Stiefeln«, keifte er.

»Tinnef! Ich bin Batman!«

»Wer?«

»Batman!«

»Beet-Män? Was pflanzen Sie denn, mitten in der Nacht?«

»BATMAN«, brüllte ich.

»Ach BETT!«

»Jaup! BAT!«

»Sind Sie von diesem Matratzengeschäft?«

»Ja leck mich doch am Arsch!«

Dann waren auch schon die Bullen da.

»Keine Bewegung!« Gezückte Waffen. Ich hob die Hände. Fragen über Fragen stürmten auf mich ein.

»Kann ich mal Ihren Personalausweis sehen?«

»Warum riechen Sie am ganzen Leib nach Alkohol?«

»Wieso verkleiden Sie sich wie ein Eichhörnchen?«

Und von oben: »Führen Sie auch Lattenroste, Herr Sturmbannführer?«

Drei Tage später war's mit meiner Geheimidentität vorbei.

Ich verlor meinen Job, meine Wohnung konnte ohne Renovierung an ein blindes Ehepaar vermietet werden, und die Stadt schaltete das Bat-Signal ab. Ich zahle an LIDL noch länger ab als an die FIMO-Leute – und bin in einem türkischen Grillrestaurant untergekommen, wo ich dem schweigenden Rotieren der Lämmer lausche, Suzuk zerkleinere und ganz allgemein der Gehilfe eines Mannes namens Murat bin, dessen Plan es zu sein scheint, die ganze Stadt mit Ziegenkäse zu fluten.

Aber ich lass mich nicht unterkriegen. BATMAN ist tot, aber ein neuer Held ist geboren worden. Keine Maske, keine Faxen mehr. Mein Name ist Torsten Sträter. Beziehungsweise er war es.

Meine Name, jetzt gekürzt. Ein Gummihammer. Der Geruch nach gegrilltem Lamm.

Aus großer Kraft erwächst große Verantwortung.

Ich bin Thor, der Dönergott.

SPORTTAGEBUCH

Ich sitze auf meinem Balkon und blicke an mir herab. Aha, denke ich, so so. Der Körper ist ein Tempel, sagte mal irgendwer. Meiner auch, allerdings sind die Templer wegen Eigenbedarf rausgeflogen, um einer florierenden Pommesbude Platz zu machen. Ich bin mopsig. Sport wäre gut. Ich erhebe mich und schaue in den Garten. Da, die Vögel. Umschwirren den Futterkasten, picken etwas Hirse, schlagen dabei ohne Unterlass mit ihren Flügeln. Sie sind sehr schlank. Ich werde es Ihnen nachtun. Ab morgen. Schön mit Protokoll.

Tag 1

Ich sehe mich lange im Spiegel an. Ich trage nix bis auf eine seitlich aufzuknöpfende Jogginghose. Warum, frage ich mich, gibt's so was eigentlich? Und wo habe ich die her? Wofür braucht man seitlich aufknöpfbare Klamotten? So was tragen vermutlich nur Hirntote. Egal. Was ich ansonsten im Spiegel erblicke, sieht ganz gut aus. Dann gehe ich einen Meter zurück. Dann fünf. Nun sehe ich mich komplett. Ich hebe meinen Arm. BIZEP! KOMM HERAUS! Nix zu sehen. Wo isser denn? Geschmolzen? Im Bein versackt? Im Suff verliehen? Spanne die Bauchmuskeln an. Der Effekt stellt sich sofort ein: Ich muss aufs Klo. Klasse. So geht's nicht weiter. Ab sofort: TRAINING!

Tag 2

Suche ein Fitness-Studio auf. Es ist nur 50 Meter von meiner Wohnung entfernt. Leider finde ich keinen Parkplatz.

Drecksladen. Fahre nach Hause und gehe zu Fuß zum Studio zurück. Als ich erneut dort ankomme, wird gerade ein Parkplatz frei. Gehe heim und hole das Auto, damit ich nachher nicht latschen muss. Betrete das Studio. Es stinkt wie ein Pumakäfig, in den jemand eine Kaffeemaschine gestellt hat. Außerdem sehe ich geschwollene Herren, die Gewichte reißen und dabei wie Gebärende kreischen. Alle haben dieselbe Frisur: die Seiten auf 0,5 Millimeter, oben Topflappen. Das kann nicht meine Welt sein. Fahre heim. Gehe ans DVD-Regal. Entnehme ROCKY.

Tag 3

Meine Analyse des Filmmaterials ergibt: Rocky Balboa macht vieles richtig. Er trainiert mit dem, was da ist.

Rocky joggt vor allem sehr viel. Lade mir das extrem motivierende Rocky-Fanfaren-Gedöns aufs iPhone, dann Kopfhörer ins Ohr und raus! *ROCKY-FANFARE* Los! Ich renne.

Ich renne ... ich renne ... Energie durchströmt meinen Körper. Dann, recht abrupt, Schwärze.

Ich erwache irgendwann. Mein Gesicht blutet. Ich liege auf der Straße. Ein Mann im Anzug beugt sich besorgt über mich.

»Grundgütiger! Geht's Ihnen gut?«

»Geht«, sage ich leise. »Hab mich wohl zu sehr ausgepowert.«

»Sie zittern am ganzen Leib!«

»Mir ist kalt«, gebe ich zu.

»Hier«, sagt er, »nehmen Sie meine Jacke!«

»Machen Sie sich keine Umstände«, stöhne ich.

»Das sind keine Umstände«, meint er, »mein Jackett ist seitlich aufknöpfbar.«

»Gehen Sie weg«, sage ich.

»Nee! Ich bring Sie heim! Wo wohnen Sie?«

Ich benötige einen Moment der Orientierung. Dann sage ich: »Da!« und weise auf meine Haustür.

Tag 4

Fazit heute: Rennen ist nicht so meins. Überhaupt baut man so keine Muskeln auf. Dazu gehört echtes Training. Sehe mir noch mal ROCKY an. Rufe dann meinen Metzger an und ordere eine Schweinehälfte. Werde sie aufhängen und weichboxen. Der Metzger sagt: »Geht klar« und legt auf.

Die Lieferung kommt vier Stunden später – und besteht aus 92 Schälchen mit Klarsichtfolie, in denen sich rechnerisch vermutlich tatsächlich ein halbes Schwein befindet. Irgendwie ist es mir allerdings zu aufwendig, das alles mit grobem Garn zusammenzunähen. Rufe den Metzger erneut an.

»Ich brauche ein vollständiges halbes Tier. Eine Hälfte, jedoch in einem Stück!«

»Ach so. Das dauert drei Tage.«

Den Rest des Tages google ich. Thema Ernährung. Eiweiß sei gut zum Muskelaufbau, erfahre ich. Und zu vermeiden seien zwingend: Zucker, Fett, Kohlenhydrate, Weißmehl, Reis, Kartoffeln und alles andere. Unbedenklich ist nur Holz.

Tag 5

Habe zum Frühstück am Türrahmen geleckt und dann im Internet ein Hantel-Set bestellt. 18 Teile, knapp 50 Kilo.

Fahre dann noch mal zum Studio. Projekt Eiweiß. Hinter dem Tresen steht eine Frau. Sie ist fast schon absurd durchtrainiert und liest AUF DER SUCHE NACH DER

VERLORENEN ZEIT. Ich weise auf das Buch und sage: »Ich denke, in Paderborn werden Sie fündig.«

Sie blickt mich nur an.

»Führen Sie Eiweiß?«

»Ja.«

»Diese Dose da. Ist das Eiweiß?«

Sie nickt.

»Nehme ich.«

»Was haben Sie denn vor?«, fragt sie.

»Muskeln aufbauen.«

»Dann nehmen Sie am besten Eiweiß«, sagt sie.

»Ach«, sage ich.

»Sie müssen aber auch Sport treiben.«

»Ich fahre Rad.«

»Ich auch – täglich 130 km mit dem Rad zur Arbeit.«

»Wat? Wo kommen Sie denn her?«

»Paderborn«, sagt sie.

»Ich muss los«, sage ich.

Tag 6

DHL hat das Paket mit den Hanteln geliefert. Es steht draußen am Briefkasten. Ich kann's nicht anheben. Schade.

Gehe wieder rein und befasse mich mit dem Eiweiß. Eiweiß aus der Dose wird damit beworben, dass man es quasi unbemerkt unters Essen mischen kann. Ich probiere es mit Nutella. Ich koste: Hut ab. So muss der Kleister schmecken, mit dem Eichhörnchen ihren Baum tapezieren. Probiere also Eiweiß pur. AHA. Ich möchte hiermit mal die drei schlimmsten jemals gekosteten Substanzen auflisten:

Platz 3: Der Kartoffelsalat von 2003, als ich nach zwei Tellern registrierte, dass ich statt Mayo eine Tube PONAL im Kühlschrank lagerte.

Platz 2: Der Tee, den man mir in der Apotheke schenkte, und der sich aufgebrüht als Tütchen mit Grillkräutern entpuppte. Ich hatte drei Tage sehr intensiven Stuhlgang, eine Art tränenreiches Rodeo, aber es roch immer nett nach Provence.

Platz 1, Neueinsteiger: Reines Eiweiß. Schmeckt, wie man sich gefriergetrocknetes Hooligan-Sperma vorstellt, löst sich in nix auf, ist unfassbar teuer und staubt die halbe Hütte voll.

Verstreue das Zeug im Garten. Immerhin, den Vögeln scheint es zu schmecken.

Tag 7

Das halbe Schwein wird angeliefert. Der Metzger stellt es mir per Sackkarre neben den Hantel-Karton und wünscht mir anzüglich »viel Freude damit«.

Ich gehe in die Wohnung, Mp3 Player an, *Rocky Fanfare *... latsche dann motiviert ins Freie. Da ist die Sau. Der erste Schlag muss aus der Schulter kommen. »Nimm das, Schwein«, schreie ich und lasse meine Faust auf das tote Tier krachen.

Tag 83

Der Gips kommt ab. Das halbe Schwein war tiefgefroren. Ich habe in den letzten Wochen die Wohnung nicht verlassen und stelle draußen fest: Das Schwein ist aufgetaut und besteht wieder aus 92 Teilen. Und niemand hat die Hanteln geklaut.

Am Abend sitze ich auf dem Balkon. Ich habe alles versucht. Immerhin: Mein linker Unterarm hat durch den

Gips deutlich abgenommen. Nun ja – ich habe alles gegeben. Ich schaue in den Garten. Die Spatzen fliegen auf. Einer landet auf dem Balkongeländer. Er ist sehr muskulös. Ich gehe rein und hole meinen Rasierer, um dem Spatz eine passende Frisur zu machen. Wenn er sich wehrt, werde ich mal versuchen, ihn seitlich aufzuknöpfen.

WIE ICH ZU *tv total* KAM

Viele fragen sich ja: Wie kam der Sträter zu *tv total*?

Andere fragen sich: Was war *tv total* noch mal? Und wer ist Sträter?

tv total war im weitesten Sinne ein Fernseh-Format. Das heißt so. Format. Kokolores, denken nun manche, 16:9 ist 'n Format, oder dreieckig. Wurscht. Nur damit der Neid mal aufhört, hier die Geschichte, wie ich ins Fernsehen kam.

Einige Wochen früher:

Ich saß im Zug und dachte über das Leben nach. Was ist gut, was schlecht? Wie sehr verbiegen wir uns für die Dinge, die uns etwas bedeuten? Und wie sehr werden wir manipuliert?

Seit einiger Zeit bin ich ausschließlich als Vortrags- und Lese-Vogel unterwegs.

Irgendwann ist mir nämlich aufgefallen, dass herkömmliche Arbeitgeber, also Menschen, die nicht unmittelbar ich sind, sich ziemlich hölzern anstellen, wenn's um Arbeit geht.

Ich bin ja eine Zeitlang eher unverkrampft ans Thema Arbeitszeiten herangegangen. Das brachte ordentlich Ruhe daheim, die morgendlichen Telefonate allerdings nervten ein bisschen:

»Sträter hier?«

 »Ja, wann kommen Sie zur Arbeit?«

»Wer ist denn da?«

»Müller. Ihr Chef.«

»Ach, kuck an. Wie geht's Ihnen?«

»Wann kommen SIE ZUR ARBEIT?«

»Wann passt es Ihnen denn?«

»Ja, immer!«

»Auch dienstags?«

»Ja sicher!«

»Dann bis Dienstag!«

»Ey! Spinnen Sie?«

»Ich bin doch völlig kooperativ, Herr Müller.«

»Herr Sträter ...«

»Ja bitte?«

»Darf ich Sie mal was fragen?«

»Ich zuerst.«

»Wie bitte?«

»Ich zuerst. Erst möchte ich was fragen.«

»Was denn?«

»Danke. Meine Frage: Wussten Sie, dass im Film *Flashdance* die Tanzszenen mit Jennifer Beals damals von einem talentierten, aber männlichen Breakdancer gedoubelt wurden? Die Frau war nämlich zwar ganz attraktiv, aber wenn die getanzt hat, sah das aus, als würde man einen kaputten Medizinball eine Rampe runterrollen. Also wurde dieser Tänzer am ganzen Leib rasiert, und bevor Sie fragen, ja, auch im Schritt; er bekam so einen brünetten Fifi auf die Rübe und musste dann durch diese Lagerhalle hopsen, immer schön von hinten gefilmt, gerne mit Nebel dabei. Wussten Sie das?«

Keine Antwort.

»Herr Müller?«

Stille.

»Na ja«, sage ich, um einen versöhnlichen Dreh ins Gespräch zu kriegen, »ich hoffe, der Bursche hat sich von seiner Gage was Schönes gekauft.«

Herr Müller atmet nur in den Hörer.

»Hallo«, sage ich.

Nix.

»Herr Müller ... Was ist los?«

Atmen.

»Hören Sie ...! Raus mit der Sprache. Sie bedrückt doch was.«

Herr Müller sagt nix.

»Hey ... Mit mir können Sie doch drüber reden. Wo drückt der Schuh? Haben Sie Ärger im Job?«

Aufgelegt.

Seitdem also fahre ich Zug und trete auf. Ich esse dabei Wurst und schaue Serien auf dem iPad. Komisch ist, dass ich im Zug Sachen ansehe, die ich im normalen Leben nie schauen würde. *Unser Charly* zum Beispiel. Eine Serie über einen randalierenden Schimpansen in Cordhose. *Unser Charly* ist eine mentale Notschlachtung erster Güte, das gehört an sich verboten.

Völlig inakzeptabel, was da mithilfe eines Primaten runtergekurbelt wurde. Da ist es intellektuell ergiebiger, in den Keller zu gehen und Dübel zu fotografieren, oder nachts beim Nachbarn zu klingeln, so vierzig Mal. Und wenn er dann nach zwanzig Minuten völlig verquollen aufmacht, sagt man: »Schön, dass Sie noch wach sind. Soll ich Ihnen 'n Pfund Mehl leihen?«

Aber im Zug schau ich so was. Und esse Wurst.

Ich bin der genügsame Typ. Ich brauch nicht viel. Ich bin auch nicht sonderlich neugierig. Wenn ich zum

Beispiel am Kölner Dom eine Frau sehe, die nackt ist und einen Sauerbraten unterm Arm trägt – ich frag nicht nach. Soll jeder machen, wie er meint.

Der Schaffner kam, kontrollierte mein Billett und sagte dann: Sie haben da Senf im Gesicht. Ich blickte in die Scheibe, und Tatsache: Ich hatte Senf im Gesicht. Vom Mundwinkel bis fast unters Auge. Die Bahn spart ja, wo sie kann, aber wenn man denen 'ne Bockwurst abkauft, reichen die einem Senf in einer Menge dazu, als gäbe es kein Morgen mehr. Im Ernst. Da positioniert sich ein Mann neben dem Teller und pumpt aus einem hüfthohen Eimer minutenlang wortlos Massen von Senf neben die Wurst. Ich hörte von einem internen Papier der Bahn: »An alle Zugmitarbeiter: Im Winter bitte in allen Zügen Heizung aus, Kaffee auf das Preisniveau von Druckertinte anheben, und alle Fahrkartenautomaten auf Aramäisch umstellen. Aber Senf im Überfluss! Bieten Sie immer Senf an. Der deutsche Reisende hat ein Anrecht auf einen Tsunami von Senf. Jeder Intercity hat so viel Senf an Bord zu fuhren, dass man Holland damit komplett wegspülen lassen kann.«

Und das meiste davon hatte ich nun im Gesicht.

Der Schaffner, und das ist der Punkt, sagte aber nicht nur: »Sie haben da Senf im Gesicht«, denn das wäre ja nur nett, und gegen nett hat erst mal keiner was. Er fügte noch einen Satz hinzu. Komplett klang das so: »Sie haben da Senf im Gesicht – das müssen sie wegmachen.«

Und das ist Quatsch. Kein Mensch muss Senf aus seinem Gesicht entfernen. Man muss generell so viel, wenn man im Karussell des Bürgertums mitfahren will. Aber Senf wegwischen? Nee.

Der Schaffner entfernte sich kopfschüttelnd. Augenblicklich erhob ich mich, um die Abmessungen und die Optik des Flecks zu kontrollieren. In der sanitären Rumpelkammer blickte ich in den Spiegel. Was ein Kaventsmann von Senf-Fleck. Fast handtellergroß. Kreischend gelb. Sah aus, als hätte mir ein schwuler Bibo ins Gesicht ejakuliert. Trotzdem sagte ich mit fester Stimme: Der bleibt da, der Fleck. Wo kommen wir da hin, wenn wir uns von jedem dahertaumelnden Kartenabreißer eine Reinlichkeitsmaßnahme diktieren lassen?

Am nächsten Tag war der Fleck angetrocknet. Er war nun fast ockerfarben. Und jetzt? Richtig schön war's nicht. Irgendwie unharmonisch. Ich brauchte Hilfe.

»Dazu tragen Sie am besten Erdtöne«, sagte der Typberater. »Und Brombeere. Und Weiß. Weiß geht super zu Senf.«

Farben wie Brombeere würde ich gewiss nicht tragen – keinen Bock, wie ein fetter, 1,80 großer Smoothie durch die Welt zu eiern. Aber weiß ging klar.

Ich erwarb einen schneeweißen Anzug.

Am Wochenende holte ich meinen Sohn.

»Papa?«

»Ja, Sohn.«

»Gibt es böse Tiere?«

»Es gibt generell nichts Böses. Das ist eine Frage von Umständen, Ursachen und Moralvorstellungen.«

»O.k. Gibt es dann verhaltensneutrale Tiere, die einem Erwachsenen, der schläft, ins Gesicht kacken?«

»Eher nicht, Kind. Aber falls du auf den Fleck anspielst: Das ist Senf. Den trage ich freiwillig und mit Stolz.«

»Warum?«

»Er ist eine Art Orden wider den Kadavergehorsam. Dieser Fleck Senf in meinem Antlitz sagt: NEIN! Ich bin anders. Wenn du drei bist, macht Mutti dir den Senf weg, wenn du achtzig bist und 9.000 Euro Rente im Monat bekommst, macht die Pflegerin den Senf weg – aber ich befinde mich exakt in der Mitte und trage selbst Sorge für meinen Senf. Und der bleibt da.«

»Okay, Papa.«

Nach einer Woche begann der Senf zu riechen, und dass ich drumherum rasieren musste, half auch nicht gerade. Aber ich blieb hart. Ein Freund nahm mich mit zur Verleihung der *Goldenen Kamera*. Nun bin ich natürlich völlig unprominent, andererseits war ich in meinem langsam grau werdenden weißen Anzug und dem braunen Senffleck in der Fresse ein ziemlicher Eyecatcher, wie man so sagt. Ich sah aus wie eine Mischung aus einem verkommenen Heilpraktiker und dem Phantom der Oper. Deswegen ging mein Freund stets gute dreißig Meter hinter mir.

Ein Mann sprach mich an. Er wirkte verunsichert.

»Tach«, sagte er. »Ich bin von ARTE. Ich würde Sie gerne mal was fragen …«

»Ja, was denn?«

»Wir produzieren verschiedene Formate fürs Fernsehen, und wegen Ihrer Behinderung da wären Sie vielleicht …«

»Momento«, erwiderte ich, lockerte mich, und pinkelte mir dann für jedermann gut sichtbar in die Hose.

»Was tun Sie da«?, fragte der Mann.

»Ich lasse Wasser, wie man so sagt.«

Erste Blitzlichter flammten auf.

»Warum, um Gottes willen?«

»Ganz einfach – sehen Sie da drüben?«

Er folgte meinem Blick.

»Der Mann, der da gerade aus der Toilette tritt«, sagte ich, »ist Wladimir Klitschko. Einer der krassesten gewerblichen Schläger, die es gibt. Der war jetzt auf dem Pott. Und klar ist: Wenn der beim Pissen nur halb so einen Bums hat wie beim Boxen, hat der grad beim Strullen die komplette Rinne geschreddert, und da liegt jetzt überall scharfkantige Keramik rum. Ich muss, gehe da rein und zerschneide mir bis zum Knie die Beine an dem Scherbengedöns, Hubschrauber, Klinik, dann merken die, AHA, AOK, und versuchen deswegen aus Kostengründen, meine Wunden mit Prittstift zu kleben, alles entzündet sich, und ich krepiere kreischend. Deswegen habe ich mich lieber eingepinkelt.«

Der Mann starrte mich an.

»Ich wollte einfach kein Risiko eingehen.«

Der ARTE-Mann flüchtete. Aber Pro 7 hat natürlich sofort zugegriffen.

FLEISCHWURST

»So«, sage ich nicht ohne Stolz zu meinem neunjährigen Sohn, »so, mein Freund, exakt so«, und er staunt nicht schlecht, »so also«, sage ich, »sieht eine Spielothek von innen aus.«

Das klingt jetzt erst mal erzieherisch bedenklich, aber man hat ihm in der Schule erzählt, wir müssten unser ganzes Geld Griechenland geben, und da dachte ich mir, zeigste ihm mal, wo wirklich 24 Stunden am Tag Geld vernichtet wird.

»Hier, Kind«, sage ich, »freuen sich Erwachsene darüber, dass sie Geld in eine Kiste werfen dürfen, die blinkt.«

»Krass«, erwidert er. »Warum kaufen die sich nicht einfach einen Gameboy?«

»Aus demselben Grund, aus dem Schimpansen sich eine Banane mit Schale reinkloppen. Weil sie's können.«

Plötzlich sehe ich aus den Augenwinkeln, dass eine Angestellte auf uns zusteuert.

»Kind«, raune ich, »der Ernstfall tritt ein. Wir machen es, wie wir es besprochen haben.«

»Sie können doch kein Kind hier mit reinbringen!«, legt die Frau los. »Das ist ein Spielsalon. Das verstößt gegen den Jugendschutz!«

»Gute Frau«, sage ich. »Welches Kind?«

»Na, Ihr Sohn da.«

»Das«, erwidere ich, »ist nicht mein Sohn! Das ist mein Schwiegervater. Er leidet unter Kleinwüchsigkeit. Und umgekehrt verlaufender Vergreisung. Mein Schwiegervater traut sich auch so schon kaum unter Leute, ich mein, was würden Sie tun? Als 74-jähriger ehemaliger Diplomingenieur? Man kann nirgendwo hingehen, alle glotzen einen an, unerträglich ist das geworden!«

Sie starrt meinen Sohn an.

Er nickt und sagt mit tiefer Stimme: »So sieht es aus.«

»Das tut mir leid«, sagt sie. Es klingt ehrlich betrübt.

»Ist schon gut«, lenke ich ein. »Sie können nichts dafür. Was soll man auf den ersten Blick auch denken? Da steht ein alter Mann, der sein Leben gelebt hat, in Flickenjeans und mit Pokemon-Kapuzenjacke ... Das alles nimmt uns sehr mit. Wir wollen nur ein bisschen Würde. Für ihn.«

»Kann ich Ihnen einen Cognac bringen?«, fragt die Frau.

»Ja, sicher«, sagt mein Sohn brummend.

»Wohl kaum«, sage ich zu ihm. »Denk an die Schmerzen an deinen Ohren.«

»Hab ich nicht«, sagt er.

»Kommt noch«, sage ich.

»Aber ich nehme einen Cognac«, füge ich hinzu. »Denn schon Platon sagte: ›Sei gütig, denn alle Menschen, denen du begegnest, kämpfen einen schweren Kampf.‹«

Die Dame nickt und geht. Sie wirkt am Boden zerstört.

»Das essen Wale«, sagt mein Sohn.

»Wat?«

»Platon. Das essen Wale.«

»Halt den Rand, Schwiegervatter.«

Plötzlich klingelt mein Handy. Ich starre eine Zeitlang aufs Display. Dann hebe ich ab.

»Hier ist deine Mutter«, sagt meine Mutter.

Den Verdacht hatte ich schon gehabt, als das Display ein Bild meiner Mutter anzeigte, zusammen mit dem Schriftzug MUTTER und dem Peitschenknallen als Klingelton.

»Bist du mit dem Jungen unterwegs?«

Wenn ich mit meiner Mutter rede, bemühe ich mich meist um einen militärischen Sprachduktus. Alles andere zieht das Gespräch nur in die Länge.

»Bestätige«, sage ich.

»Seid ihr in der Nähe?«

»Negativ. Worum geht's?«

»Habt ihr mir am Wochenende einen ganzen Kringel Fleischwurst weggefressen?«

Ach Gott, denke ich. Was hätten wir sonst essen sollen? Meine Mutter ist finanziell gut dabei, aber im Kühlschrank sieht es immer so aus, als wäre Krieg.

Sie kocht vorzugsweise Dinge wie Steckrüben. Da willst du nichts mit zu tun haben. Steckrüben schmecken, als würde es in ihnen spuken.

Oder Kohlrabi – roh geht das Zeug grade noch, aber gekocht riecht Kohlrabi, als hätte dir ein depressiver Clown in den Topf gekackt. Da lutsche ich lieber Batterien. Aber am Samstag lag da diese Fleischwurst, und da fragt man nicht groß nach, da langt man zu und 'n schönen Tag noch.

Also sage ich: »Bestätige.«

»Dann ersetz sie! Heute Abend liegt die Fleischwurst wieder im Kühlschrank!«

»Yes SIR!« Klick.

»War das Oma?« fragte mein Sohn.

»In der Tat. Wir müssen eine Fleischwurst kaufen.«

»Aber wir haben doch kein Geld.«

»Erinnere mich nicht daran.«

Rückblende. Mittags. Dortmund. Außenbereich.

Vorm Karstadt hatte ein Mann mit einem kleinen dicken Pferd gestanden und Futtergeld für den Zirkus gesammelt. Das Tier hatte sich überhaupt nicht bewegt.

»Sieh mal«, hatte ich zu meinem Sohn gesagt, »ein ausgestopftes Pferd.«

»Ist nicht ausgestopft«, sagte der Mann mit der Sammelbüchse.

»Es bewegt sich nicht.«

»Der Pferd«, sagte der Mann, »der Pferd ist sehr lebendig.«

Das kam mir jetzt nicht so vor, aber grammatikalisch war der Satz erste Sahne, deswegen sagte ich: »Beweise. Wir brauchen Beweise.«

»Wenn der Pferd frisst, bewegt er sich. Deswegen Geld für den Futter.«

»Hat der Pferd Münzeinwurf oder was? Hörense – ich gebe Ihnen zehn Euro, wenn wir mal reiten dürfen.«

»Hundert«, sagte der Mann.

»Ich meine das nicht persönlich«, entgegnete ich, »aber haben Sie den Arsch offen? 20.«

Ich erhielt dann den Zuschlag bei 38 Euro.

»Hopp da drauf«, wies ich meinen Sohn an.

»Ich will nicht«, sagte er.

»Das Argument kommt etwas spät. Steig auf den Gaul. Blamier mich nicht.«

Ich schaffte es, das Kind auf den Pferd zu wuchten.

Man sah aber direkt: Mensch und Tier hatten da jetzt nicht wirklich Bock drauf.

»So, fertig, wieder runter.«

»Wie, wieder runter?«

»Kind war auf Pferd.«

»Ja nee, nicht drauf sitzen – reiten! Ansonsten hätte ich auch ’n Stuhl nehmen können, das kostet keine 38 Euro. Macht ihr das im Zirkus auch? Lasst da ein Bild von ’nem Elefanten rumgehen oder was?«

»Nicht reiten«, beharrte der Mann.

»Jetzt ist aber mal gut hier. Halt dich mal fest, mein Sohn.«

Ich gab der Pferd einen beherzten Klaps auf den Hintern.

Und was soll ich sagen? Entweder hatten wir hier Pegasus im Eselskostüm, oder von alters her befindet sich in den Gesäßbacken von Huftieren ein sehr sensibler Turbo-Schalter, damit so ein Tier auch mal ganz links auf der A2 mitmischen kann – jedenfalls explodierte das Vieh nach vorn, das war schon so ’ne Art *Fast and the Furios* für Bauern, und das alles in den Karstadt hinein, und schon an der ersten Schütte für Schlüpfer wusste ich, das wird nicht billig.

Ich möchte hier nicht allzu sehr ins Detail gehen, deswegen mal ein Spiel:

Finden Sie Wortgruppen, die nicht zueinander passen:

Winter: Eis

Biene: Honig

Hammer: Nagel

Shetlandpony: Rolltreppe

Kurz: Es war nicht schön. Und jetzt bin ich lebenslanger Pate eines Ponys, das überall mit der Sackkarre hingebracht werden muss. Und deswegen war ich blank. Das ist der Stand der Dinge. ENDE DER RÜCKBLENDE

Und nu? KIND UND ICH STEHEN DA. Woher Fleischwurst nehmen?

Ich denke kurz nach. Immerhin bin ich nicht irgendein Blödmann, sondern Autor.

Wenig später: Ein Metzger in der Innenstadt.

Mein Plan ist klar. Kaufen würde ich hier nichts. Kein Geld. Aber um das zu verschleiern, musste ich einen unmöglichen Wunsch äußern.

Also betreten wir die Fleischerei.

»Tach«, sage ich, »ich hätte gern drei gekochte Rinderschädel.«

»Hamwa nicht.«

Mein Sohn räuspert sich. Der Metzger kriegt es nicht mit. Also räuspert er sich noch mal. Eine unangenehme Pause tritt ein.

Der Metzger blickt mein Kind schließlich an und sagt dann: »Na, kleiner Mann, möchtest du vielleicht ein Stück Fleischwurst?«

Draußen sage ich: Super, Kind, das machen wir jetzt noch 30-mal, dann haben wir den Kringel zusammen.

Das ging auch genau 29-mal gut. 29-mal schnorrten wir uns mit dubiosen Fleischwünschen durch Dortmund, nur um eine Wurst zusammenzupuzzeln. Ganz große Darbietungen waren das.

Der letzte Metzger liegt etwas außerhalb. Wir gehen rein.

»Guten Tag, ich hätte gern zwei Kilo frittierte Ziegenklöten.«

Der Metzger sieht mich an und sagt: »Gerne. Noch was?«

»Scheiße«, denke ich.

Mein Kind beginnt sich zu räuspern.

Der Mann beachtet ihn nicht.

»Also vier Pfund Ziegenklöten. Könnense haben. Ist ’n Abfallprodukt. Kostet nix«, sagt er.

Eine längere Pause entsteht. Mein Sohn räuspert sich erneut.

Dann sagt der Metzger:» Wat wollense eigentlich damit?«

»Womit«, frage ich.

»Mit den Ziegenklöten? Das ist ja ein ganz schäbbiges Geklumpe.«

»Die spende ich«, sage ich.

»An wen?«

»Bedürftige.«

»Welcher Bedürftige braucht denn 'ne Riesentüte Ziegenklöten?«

Mann, denke ich, was ist das denn fürn doofes Gespräch? Das geht den doch gar nichts an. Und wenn ich die Klöten in Überraschungseierfolie wickle und vor der Waldorfschule verteile, ist das doch meine Sache. Was fragt der so viel? Hier muss was passieren. Ich remple meinen Sohn an. Er räuspert sich daraufhin sehr laut.

»Hat ihr Kind was am Hals?« fragt der Metzger.

»Nein. Der mag nur GERNE Fleischwurst.«

»Find ich gut«, sagt der Metzger.

Eine der üblichen Pausen entsteht. Irgendwann hört man es merklich im Schädel des Mannes rasseln.

»Kleiner ... Möchtest du vielleicht ein Stück Fleischwurst?«

Mein Sohn nickt. Haha, denke ich...läuft.

»Wie alt bist du denn, kleiner Mann?«

»Vierundsiebzig« brummt mein Sohn.

»Quatsch«, sage ich. »Neun. Der ist neun.«

»Was geht hier vor?«, fragt der Metzger, der noch immer das Stück Wurst in der Luft schwenkt.

»Nix«, sage ich. »Alles super.«

»Gib mir die Fleischwurst«, sagt mein Sohn mit tiefer Stimme.

»So«, sagt der Metzger, der entweder nicht gern geduzt oder nicht gern verarscht wird oder beides. »Hier, eure Ziegenklöten. Haut ab.«

Wir gehen zu meiner Mutter. Klingeln und geben ihr die Tüte mit der zu 80 Prozent fertig montierten Wurst.

»Zur Wiedergutmachung hab ich dir noch was Leckeres danebengelegt«, sage ich zu meiner Mutter.

»Nett«, sagt sie.

Na ja, denke ich. Wenn man die Klöten isst, wird das den Allgemeinzustand nicht zwingend verbessern. Zu Kohlrabi passen sie aber ausgezeichnet.

DIE VITA

2011 erschien mein erstes humoristisches Buch. War keine große Sache. Aber dann:

Mein Verlag, speziell mein Lektor Oliver, nervte mich über Wochen ausdauernd mit seinem Wunsch nach einem meiner Auffassung nach unnützen Lebenslauf. Vier Zeilen oder so. Der Ton wurde zunehmend rauer, die Nerven lagen blank, so dass ich irgendwann das folgende Dokument schickte. Wahre Geschichte.

Lieber Oliver,
hier meine Vita:

Meine Kindheit war kein Zuckerschlecken.

Bis zu meinem 18. Lebensjahr war mein Name nicht Torsten, sondern Ragnarök, denn mein Vater war Wikinger. Meine Mutter lernte ihn in einem Freibad des damals noch völlig zerbombten Leverkusen kennen. Er verkaufte dort bei 30 Grad im Schatten siedende Ochsenschwanzsuppe. Oft hatten wir nicht mehr als drei Reichsmark im Monat zur Verfügung, und davon mussten Feuerholz, Pay-TV, Brause, Jagdwurst, Tabletten, Wasser, Erde, Feuer und Luft bezahlt werden, denn auch die Elemente schlugen damals richtig zu Buche, weswegen jeder Bürger ein Sauerstoff-Taxameter trug, in das beim Atmen Münzgeld eingeworfen werden musste. Viele undisziplinierte Bürger erstickten seinerzeit am Straßenrand, weil sie sich stattdessen das neue Yps-Heft gekauft hatten.

Mein Bruder wünschte sich immer einen Nintendo DS, selbst dann noch, als er im Vorstand von Vodafone war, aber Geld war knapp, und so kam er häufig frühmorgens verschwitzt heim, weil er mal wieder nachts auf der A 43 mit einer Schubkarre voller Ziegelsteine TETRIS gespielt hatte.

Immerhin: Unsere Zechenwohnung war billig, weil sie in 400 Meter Tiefe lag, und ständig klingelte es an der Tür, weil einer der rußverschmierten Bergarbeiter unser Klo benutzen wollte. So war das damals im Ruhrgebiet. Ich hatte eine schöne Kindheit.

Irgendwann wünschte sich mein Bruder ein Haustier.

Tiere galten für meinen Vater als männlich – er lehnte alles Weibische ab: also zum Beispiel genähte Kleidung oder Trinkwasser. Unsere Klamotten mussten stets aus Dingen gefertigt werden, die ohnehin im Haus waren, und als wir einmal in der Klassenlotterie zwei Kanister Eiersalat gewannen, hatte ich die dunkelste Zeit meines Lebens.

Mein Bruder bekam einen jungen Ochsen, und von da an wurden die Schallplatten meiner Omma von einem immerwährenden, nassen Schnauben übertönt. So lebten wir zusammen: Meine Mutter, mein Vater, meine Brüder, Oppa und Omma und dieser entstellte Mönch, von dem alle lange dachten, er wäre ein Kriegskamerad meines Vaters, bis dieser nach Jahren sagte: »Kenn ich nicht, den Typen!« Der entstellte Mönch erwiderte darauf, er sei DER ENTSTELLTE MÖNCH. Meine Mutter nickte. Er durfte bleiben.

Der Ochse wuchs heran und wurde zu einem prachtvollen Hausgefährten; zwar war durch ihn der Raum beengt – manchmal wachte ich mit meinen Beinen in seinem Hintern auf –, aber er war treu wie Gold. Irgendwann starb er, und mein Vater rief: »Ragnarök! Du bekommst nun deine eigenen Hörner!« Das Maß, erkannte ich, war voll – und so lief ich fort.

Ich schrieb mich unter falschem Namen beim Gymnasium im Nachbarort ein, aber bis zum Pausengong um halb zehn stand fest: Ich würd's nicht packen. So glitt ich das komplette Schulsystem herab, bis ich auf der Sonderschule landete. Allerdings wurde auch da ziemlich komplexer Kram gefahren. Das war nicht meine Welt. Ich war kein Streber.

Ich wechselte erneut, diesmal aufs Institut für Sonderschulausschussmasse. Meine Klassenkameraden bestanden alle aus Hack. Diese Einrichtung war für Eltern, die aus Prinzip keine Kinder hatten, aber trotzdem irgendwas zur Schule schicken wollten. Jeden Morgen trottete ich so in die Lehranstalt, neben mir glückliche Mütter mit Taschen voller Mett. Schnell wurde ich zum Klassenbesten. Speziell in Sport und Religion war mit den Kübeln voller Hack kein Staat zu machen, aber gute Kameraden waren sie doch.

Ich wohnte damals bei einem Mann, der einen 1-Euro-Shop betrieb. Er wies mir einen Schlafplatz neben den blinkenden Hello-Kitty-Diaphragmen zu. Als Gegenleistung musste ich alte Lieferscheine schreddern, ein schöner Job, obwohl mir abends oft der Mund wehtat. Nebenbei brachte ich mir selbst das Hacken von Computern bei, und schnell wurde ich zu einer Koryphäe des Datendiebstahls. Ganze Firmen fielen mir zum Opfer, aber irgendwann beging ich einen fatalen Fehler, als ich versuchte, die Firma EBAY auf EBAY zu versteigern.

In der Fußgängerzone traf ich nach fünf Jahren meine Eltern wieder. Mein Vater rief: »Schau an, der feine Herr, eine Hose! Sind wir jetzt was Besseres, ja?« Aber dann vertrugen wir uns doch. Der entstellte Mönch klopfte mir auf die Schulter und meinte, er sei DER ENTSTELLTE MÖNCH. Alle nickten. Wir beschlossen, gemeinsam Urlaub zu machen, und buchten einen Flug nach Lüdenscheid. Über Holzwickede kam es zu Turbulenzen. Wir stürzten ab und starben.

Lediglich der entstellte Mönch überlebte. Er wird wohl ab Herbst *Wetten DASS* moderieren.

Ende.

Unter den Text schrieb ich:
»Lieber Oliver, hier meine Vita. Gern hätte ich dir die Details erspart, aber die Wahrheit tut weh, und was wäre das dann für ein Lebenslauf?! Ist alles wahr. Druck das so. Tschüss.«

Torsten

Original-Antwort des Lektors: »Lieber Torsten, das ist zu lang. Bitte kürzen. Oliver.«

OPPA

Ich habe viel von meinem Oppa gelernt.

Er wusste zum Beispiel: Was immer man bezahlt, gehört einem. Auch Essen im Restaurant. Er ließ stets was auf dem Teller, Beilagen zum Beispiel. Und wenn der Kellner abräumen wollte, sagte Oppa:

»Finger weg! Von Rechts wegen gehört das mir.«

Der Kellner glotze nur, also fügte Oppa hinzu: »Ich schicke später einen Boten.« Das war dann immer ich. Oft Tage später.

Dann betrat ich das Lokal, marschierte zum völlig konsternierten Kellner und sagte: »Mein Name ist Sträter – ich komme wegen des Pürees.«

Oppa war auch der Ansicht, dass es rechnerisch sinnlos ist, in der Straßenbahn eine Fahrkarte zu lösen. »Das geht nicht auf«, sagte er stets, »Fahrkarte kostet vier Euro, so Pi mal Daumen. Beim Schwarzfahren erwischt zu werden kostet 40 Euro. Also ab der elften Fahrt machen wir Plus.«

Er hatte natürlich absolut recht – das waren bessere Chancen als beim Roulette. Wir wurden trotzdem jedes Mal erwischt. »Bald wendet sich das Blatt«, sagte Oppa dann immer. Der Kontrolleur erwiderte meist: »Das ist eine ernstzunehmende Straftat!«

Oppa dann: »Du bis' auch so 'ne Straftat.«

Das war seine Methode, wie auch immer geartete Äußerungen zu erwidern. Egal was es war, zum Beispiel: »Der Tischgrill ist kaputt.« – »Du bis' auch so'n Tischgrill.« Inhaltlich im Reich des totalen Humbugs angesiedelt, brachten seine Erwiderungen trotzdem immer den gewünschten Effekt: Das Gespräch kam vollständig zum Erliegen.

Jedenfalls: Zusammen mit den Geldbußen kam da ganz schön was zusammen. In der Linie 38 machte uns das zu Legenden. Wer gab schon sehenden Auges knapp 12.000 Euro im Jahr für die Straßenbahn und anhängige Geldstrafen aus?

»Oppa«, sagte ich eines Tages, »das wird langsam dämlich. Die stecken uns über kurz oder lang in den Kahn. Für das ganze Geld hätten wir auch mit dem Hubschrauber fliegen können.«

»Du bis' auch so'n Hubschrauber«, sagte er.

»Ja, dann ist ja alles gesagt.«

Oppa nickte. Alles klar. Thema durch. Dachte ich.

Denn als wie prophetisch sich das Thema im tragischen Sinn erweisen würde, konnte niemand ahnen.

Oft gingen wir nach unseren S-Bahn-Rausschmissen in den Park. Eines Tages sagte er: »Komm mal mit – du lernst jetzt mal was fürs Leben.«

Na, das war mal ganz was Neues, dachte ich.

Ich folgte ihm widerwillig auf ein riesiges Rasenstück. Er sah mich ernst an. »Was du übers Leben lernen musst ...« setzte er an – und stockte dann. Er schwankte plötzlich.

»Oppa«, sagte ich. Er hob den Arm, als wolle er sich wegen irgendwas freiwillig melden, dann griff er sich an den Hals. Speichel rann sein Kinn herab. Und dann fiel er einfach nach hinten.

Eine Sekunde lang war ich wie gelähmt – dann zog ich mein Handy hervor und wählte den Notruf. Vier Minuten später hörte ich Sirenen. Der Krankenwagen stoppte in einigen Hundert Metern Entfernung. Ich hatte inzwischen begonnen, ebenso panisch wie dilettantisch Oppas Herz zu massieren. Dann Männer neben mir. Fremde Hände rissen Oppas Hemd auf, und einen Moment stutzten die Rettungskräfte, als sie seine Tätowierung sahen: ein Herz, aber im Stile einer Brezel, die ein Bäckerlehrling, der eigentlich Baggerfahrer werden wollte, am ersten Tag der Ausbildung hinbiegt. Darüber: USCHI. Durchgestrichen. Daneben GISELA. Durchgestrichen. Daneben ein Sternchen, von dem ich wusste, dass es auf eine Fußnote hinwies, die auf seinen Hintern tätowiert war und schilderte, was für verlotterte Weibsbilder das gewesen waren. Komplizierter Kram.

Ein Ruf von hinten: »Wir kommen nicht mit dem Krankenwagen durch!«

»Dann ruf Christoph 1. Wir halten den Kreislauf hoch.«

Oppa bekam mehrere Injektionen. Eine davon direkt in die Brust.

Wenig später landete Laub aufwirbelnd ein Helikopter in der Nähe. Christoph 1.

Sie trugen Oppa im Eiltempo Richtung Hubschrauber. Das kann er nicht schaffen, dachte ich. Nicht mit über 70.

Wir hoben ab. Unter uns verschwand der Park.

Ironie des Schicksals, dachte ich: Er wäre sicher lieber in der Straßenbahn gestorben. Wo ihn jeder kannte. Wo er als Koryphäe galt. Das hier hatte er nicht verdient ...

Ich ergriff Oppas Hand und flüsterte unter Tränen: »Neulich noch von Hubschraubern geredet, Oppa. Und jetzt hocken wir in einem.«

Oppa schlug die Augen auf. »Du bis' auch so'n HOCKER« sagte er.

Ich erhob mich ruckartig. »Sagen Sie«, wandte ich mich an einen der Sanitäter, »wie teuer ist so ein Transport hier eigentlich?«

»Um die 12.000 Euro«, rief er durch den Rotorenlärm.

Ich beugte mich über meinen Oppa. »Hast du es vernommen?«

»Ja sicher. Alles geplant. Wenne im Park umkipps, kommt kein Auto durch. Die schicken dann immer 'n Schrauber.«

»Wenn die rausfinden, dass dir nix fehlt, gibt's richtig Stress!«

»Was du übers Leben lernen musst«, sagte Oppa, »ist Folgendes: 12.000 Euro wollen die normal hierfür. Das kann keiner bezahlen. Aber das Beste, Junge: Ein Flug hiermit, und wir können rechnerisch das ganze Jahr umsonst Straßenbahn fahren.«

Wie gesagt: Ich habe viel von meinem Oppa gelernt.

Und NICHTS davon kann man gebrauchen.

DEPRESSIONEN

Guten Tag.

Ich habe Depressionen. Wer hätte das gedacht? Keine Ahnung. Ist mir auch egal. Ich bin ein völlig normaler Typ. Obwohl: Dafür, dass ich gelegentlich depressiv bin, backe ich astreine Waffeln. Mitleid ist also völlig unangebracht.

Mich stört nicht mal, dass manche Leute Depressionen mit dem sogenannten »Scheiße-drauf-sein« verwechseln. Wir können das trotzdem kurz klären.

»Scheiße drauf sein« ist wie ein *Tatort* mit den Muppets. Nicht das Gelbe vom Ei, geht aber vorbei. Depressionen hingegen sind wie alle drei Teile *Herr der Ringe*. In Zeitlupe. Mit Jean Claude van Damme als Gandalf. Und Musik von Andrea Berg.

Sie sehen den Unterschied.

Gemerkt habe ich es übrigens, weil ich zu Hause irgendwann nichts mehr geregelt bekam. Ich bin privat ohnehin nur mittelfröhlich, also keiner, der generell vor Lebensfreude beim Kacken Piratenlieder singt, aber ich hab auch keine großen Probleme. Nicht mal mit dem Älterwerden. Alt werden geht klar. Ich möchte nur nicht irgendwann aufwachen und 'ne Cordhose anhaben! Na ja – Depressionen. Ich habe viel geweint in der Zeit. Das ist grundsätzlich o.k. Aber nicht bei Filmen wie *Im Land der Raketenwürmer.*

Ich bin dann mal zum Arzt gegangen.

Der Doktor: Wat is mit Gesprächstherapie?

Ich: Mach ich doch, und die Leute zahlen Eintritt.

Aha, sagte der Doc.

Ja. Außerdem höre ich Johnny Cash. Da ist eigentlich alles drin.

Er verschrieb mir Antidepressiva. Der Arzt jetzt – nicht Johnny Cash. Ich habe bis heute nicht verstanden, warum Tabletten dieser Art so hochkomplizierte Namen haben: fünf X drin, zwei A, dann gerne noch ein X und am Ende des Wortes oft MIN, FIN oder RINTINTIN, jedenfalls nicht auszusprechen. Warum nicht einfach: LUTZ. Gehirn-Drops. Vermutlich aus demselben Grund, aus dem Darth Vader nicht Peppi Pupsnase heißt.

Der Name soll klar machen: Du steckst in Schwierigkeiten, Bursche.

Das bringt uns zum Thema Nebenwirkungen. Auf dem vier Meter langen Beipackzettel stand sinngemäß Folgendes:

Nebenwirkungen:

Häufig: Läufig. Und trockener Mund. Schwindel. Herzrasen. Depressionen.

Das ist natürlich cool, dachte ich. Da bin ich mal gespannt, ob ich diese Depressionen als Nebenwirkung erkenne oder für normale Depressionen halte. Viele Menschen denken dann bestimmt: »Scheiße, die Tabletten wirken nicht.« Aber die wirken natürlich super, wegen der Nebenwirkungs-Depressionen merkste davon aber nix. Das ist wie mit dem Auto durch die Waschanlage fahren, und wenn du sauber hinten rausfährst, steht da ein lächelnder Mitarbeiter, kippt dir 'ne Schüppe Dreck über die Karre und sagt: »Der könnte aber auch mal wieder gewaschen werden.«

Na ja.

Seltene Nebenwirkungen: Schweißfüße, Darmsausen und Müdigkeit, aber unerklärliches Wachbleiben bei Big Brother.

Krass selten: Koma ... und die absolut realistisch wirkende Manifestation von Disney-Figuren, die meistens sehr niedlich sind. Und Haushaltstipps geben.

Seltsamerweise hatte ich erst mal kaum Nebenwirkungen. Bis auf Schwindel. Grad auf dem Jahrmarkt fiel es sehr ins Auge. Stichwort: Kettenkarussell. Mein Freund Tobi war Gott sei Dank dabei, und ich schrie ihm zu, dass das mit dem Karussell eine Drecksidee sei, das hätte man sich ja denken können, dass einen diese Raserei im Kreis kaputtmacht, diese Tabletten helfen nicht, ist aber auch egal, TOBI, STOPP DAS VERDAMMTE DING!

Tobi meinte: »Torsten. Wir stehen noch an der Kasse.«

Aber nach und nach wirkten diese Tabletten. Obwohl sie niedrig dosiert waren. Nur einmal nahm ich zwei gleichzeitig mit 'nem Bier, und deswegen saß den gesamten Auftritt lang, den ich in Schmallenberg im Sauerland absolvierte, ein Tier neben mir und sagte: »Hola. Is` bin derrr gestie-felte Katerrr. Wachsfläcken entfernt man aus Tis`tüchern, indem man beim Bügeln Lös`papier unterrrlegt.« Aber vielleicht war der Kater auch echt und ich hab mir nur Schmallenberg eingebildet.

Aber: Jeden Tag wurde es etwas besser. Ich glaube, es ist wichtig, Dinge zu haben, die einem Spaß bereiten. Trotz Depressionen. Man braucht etwas zum Gegenhalten.

Ich zum Beispiel nehme jetzt in Eigenregie den Diercke-Weltatlas als Hörbuch auf. Erstes Kapitel ist schon fertig.

Hier ein Auszug:

Afrika: Beige, beige, Sand vermutlich, braun dazwischen, derbe braun, oben rum Wasser, also blau, blau, blau, gezackte Linien, blau, Äquator-Gesummse, bumm, Seite zu Ende.

Ist aber auch egal grad. Mir geht es sehr viel besser. Mittlerweile leiden die Depressionen unter mir. Ich habe viel aus ihnen gelernt. Auf mich zu achten. Darüber zu sprechen. Und: Angelaufenes Silberbesteck wird wieder glänzend, wenn man es mit Zahnpasta poliert. Sagt der Gestiefelte Kater. Wer hätte das gedacht?

KRAMPUS

Grundsätzlich bin ich ein guter Mensch. Für mich sind Spielschulden Ehrenschulden.

Im Sommer weilte ich als Vorleser in Wien, und mein Mitstreiter, ein gewisser Peppi, lud mich anschließend ein.

In Österreich heißen viele Menschen Peppi, so wie es in der Schweiz Leute gibt, deren Vorname Urs, Utz oder Beat lautet.

Namen wie Peppi würde unsereins höchstens für einen armschlenkernden Doofmann in der Augsburger Puppenkiste nehmen, aber in Wien dürfte es auch Raubmörder geben, die Peppi Mratschhubinger heißen. Ist ja auch egal. Ich erzähl das nur, weil ich sauer auf Peppi bin. Erstens war es ein ganz übler Auftritt, schon weil ich in Wien völlig unbekannt bin. Die Tageszeitungen ließen sich nicht mal dazu herab, mich auch nur mit einem Ton zu erwähnen. Fotos gab's zwar, von mir aber nur eins, und das ohne Gesicht. Ignorantes Pack.

Zudem füllte Peppi mich nach der Show hart mit Alkohol ab. Im Zuge dieses Besäufnisses kam es zu einigen heiklen Würfelspielen mit extrem flexiblen Regeln und beknackten Namen wie Huapfschmarrnduddldinger oder Hoppalahumpfschlagobersgefuit oder so, und ich verlor jedes Mal.

Und so musste ich Peppi versprechen, am 6. Dezember erneut in Österreich aufzuschlagen und einen sogenannten Krampus darzustellen, was so eine Art Knecht Ruprecht ist, nur in völlig daneben. Sei immer ein Riesenspaß, meinte Peppi, reichlich Alkohol und großartige Umzüge von Haus zu Haus und überhaupt. Ja sicher, sagte ich, Spielschulden sind Ehrenschulden. Dann ging ich kotzen.

Und dann kam der 6. Dezember. Ich muss also nach Wien. Ehrenschulden und so.

Problem dabei: Meine Toilette hat offensichtlich vergessen, wie sie funktioniert, und wickelt nun alles verkehrtrum ab. Lange hatten wir ein in Stein gemeißeltes Arrangement: Wenn ich den Raum betrete, gebe ich nach einigen Minuten ein Spülkommando, und die Toilette beginnt mit dem Abtransport.

Neuerdings denkt der Pott aber, er sei ein Adventskalender, und macht nach jeder Spülung ein neues Türchen auf, meist mit Überraschungen, die mir irgendwie bekannt vorkommen. Nicht schön. Ich brauche einen Spezialisten. Rufe Sanitärmenschen an. Er verspricht, in zwei Stunden hier zu sein. Ich muss bald los und lese deswegen noch mal die E-Mail von Peppi zum Thema KRAMPUS. Ich entnehme ihr, dass ich nicht etwa eine Verkleidung gestellt bekomme, sondern selbst was mitbringen muss. Kacke. Ich hab nix im Schrank. Na ja: fast nix. Ich habe ein Nonnenkostüm. Immerhin. Mit 'ner geliehenen Maske geht da was.

Es klingelt. Der Handwerker. Er sieht aus, wie man sich wie einen Sanitärfachmann vorstellt, was die Frage aufwirft, ob manche Berufe physiognomisch festgelegt sind.

Er begrüßt mich mit »War 'ne weite Anfahrt, billig geht anders, wo steht der kleine Scheißer?«

Ach deswegen, denke ich. Das könntste als Anwalt wirklich nicht bringen. »Wir schließen die Beweisführung von dem Pillemann hier.«

Ich erkläre dem Mann, dass ich den kleinen Scheißer, also die Toilettenschüssel, der Einfachheit halber im Bad lagere. Ich hätte das Teil auf Wunsch natürlich auch abgeschraubt und im Wohnzimmer aufgestellt, weil da das Licht besser ist, schön mit Kaffee und Marmorkuchen dabei, aber mich hat ja keiner gefragt . Er nickt und geht ins Bad. Ich höre ihn spülen. Dann sagt er: »Verstehe.«

Beruhigend, denke ich.

»Hören Sie«, sage ich, »ich muss ins Ausland. Jetzt. Dringend. Kriegen Sie das wieder hin?«

»An und für sich doch. Kommt auf den Aufwand an.«

»Aha«, sage ich.

»Na fahrense mal«, sagt der Handwerker, »den Pott können se momentan eh nicht benutzen.«

»Ja, fahren ist schlecht«, sage ich. »Es ist fast drei. Muss einen Flug nehmen. Kommen Sie hier alleine klar?«

»Wie denn sonst? Oder sind Sie neuerdings mein Geselle?«

»Beantworten Sie Fragen immer mit 'ner Gegenfrage?«

»Warum?«, fragt er. »Wie denn sonst?«

»Nur so«, sage ich.

»Ich krieg das schon hin«, sagt er. »Am besten, Sie lassen Geld da.«

»Weil?«

»Wegen der Kosten« sagt er.

»Ach, die Kosten« sage ich.

»Jou«, sagt er. »Die Kosten.« Er weist auf meinen schwappenden Keramik-Kinski. Dann sagt er folgenden bedrohlichen Satz: »Vielleicht muss ich die komplette Mimik da wegkloppen.«

»Echt?«

»Muss nicht sein. Kann aber.«

Gott, ist das ein vages Gelaber. Wenn ich so arbeiten würde, denke ich.

Rufe Peppi an. »Fahre jetzt los.«

Düsseldorf Flughafen.

Ich habe dem Handwerker 400 Euro dagelassen. Für Kosten. Sonst wäre er wieder gegangen. Der Flug darf nicht zu teuer werden. Ich hasse meine Einstellung zu Ehrenschulden. Warum habe ich nicht einfach das Telefon ausgestöpselt.

Für das Ticket wollen sie 230 Euro. Es beginnt, kostspielig zu werden.

Sicherheitscheck. Meine Tasche fährt viermal durch den Röntgen-Aparillo.

Der Zöllner fragt: »Ist das soweit korrekt, dass in Ihrem Gepäck zwei Snickers und ein Nonnenkostüm sind?«

»Das ist korrekt«, sage ich. »Ich will nach Wien.«

»Ach so«, sagt der Zöllner. »Na dann.«

Im Flieger trinke ich erst mal ein Bier. Hut ab, denke ich bei den ersten Schlucken. Wie unfassbar aufwendig muss das sein, in zehn Kilometern Höhe und bei 800 km/h ein Pils warmzuhalten?

Es kostet dann auch nur acht Euro. Muss in Wien erst mal zum Geldautomaten.

Schalte nach der Landung das Handy ein. Peppi hat geschrieben. Soll in irgendeinen Bezirk kommen. Aha. Geht's noch verschwommener? So nach dem Motto: »Bitte erscheine demnächst in der Landschaft«?

Suche einen Geldautomaten. Finde einen, er ist defekt. Ich bin hiermit offiziell blank. In der Innenstadt sind sicher welche. Aber wie hinkommen?

Nahe beim Gepäckband steht ein Chauffeur. Sieht nicht sehr helle aus. Er hält ein Schild hoch, auf dem »Fuhrmann« steht. Wird Zeit, dass die Wiener mal was für mich tun.

Ich gehe betont gelangweilt auf ihn zu.

»Tach«, sage ich. »Können wir?«

»Fuhrmann?«, fragt er.

»Aber natürlich.«

Der Wagen ist cool. Benz, Wurzelholz, Wasserflasche, Wagner im Radio.

Mein Fahrer fragt: »Bequem?«

»Passt schon«, antworte ich.

»Die Fahrt dauert auch nicht lang.«

»Hm-Hm«, entgegne ich, »nehmen wir den Weg über die City?«

»Ich vergaß, dass Sie das erste Mal in Wien arbeiten«, sagt der Fahrer. »Würde Ihnen gern alles zeigen, aber die Vorbereitungen laufen bereits. Darf ich mir übrigens erlauben, zu sagen, dass Sie viel weniger streng wirken, als man sagt?«

»Logo. Was für Vorbereitungen?«

Der Blick des Fahrers trifft meinen im Rückspiegel. In seinem sehe ich klar Ehrfurcht.

»Sagen Sie«, fragt er fast devot, »Ihre wievielte Transplantation einer Bauchspeicheldrüse ist das, Professor Fuhrmann?«

»Ich muss kurz hier raus«, sage ich. Da das nicht zu reichen scheint, füge ich hinzu: »Hab keine Tic-Tacs mehr.«

In diesem Moment fahren wir in eine Tiefgarage. Augenblicklich bildet sich ein Empfangskomitee um die Limousine. Die Tür wird aufgerissen. »Herr Professor, willkommen im Kaiserin-Elisabeth-Spital! Wir haben so viel von Ihnen gehört. Es ist alles vorbereitet.«

Der OP-Saal ist schon beeindruckend. Stehe in Lederjacke an einem Operationstisch. Man scheint zu ehrfürchtig zu sein, um mich über Hygiene zu belehren.

»Der Patient ist noch ansprechbar. Er hat noch ein, zwei Fragen. Dort können Sie sich umziehen, Professor Fuhrmann.« Die Schwester scheint ebenfalls beeindruckt. Ziehe mich in eine kleine, blitzsaubere Kammer zurück. Die Kammer ist bis auf ein Waschbecken leer. Ich beginne, nachzudenken. Nach 25 Minuten klopft es.

»Herr Professor, wir sind dann so weit.«

Ich sage nichts. Warum nur lasse ich mich immer von Hinz und Kunz zu jeder Scheiße überreden?

»Benötigen Sie Hilfe beim Ankleiden?«

»Ankleiden?«, frage ich.

»Ankleiden! Ja.«

»Nee, ich komm klar.«

Scheiß drauf, denke ich und betrete den OP.

Der noch wache Patient beginnt zu kreischen, als er das Nonnenkostüm sieht. Das komplette OP-Team glotzt mich an. »Ist keimfrei«, sage ich und grinse doof.

Ich trete an den Tisch. Acht fassungslose Augenpaare. Niemand spricht. Der Patient ist in Ohnmacht gefallen. Die Stimmung wirkt dezent verkrampft, deswegen weise ich auf den Brustkorb des Patienten und sage: »Vielleicht muss ich die komplette Mimik da wegkloppen.«

Drei Stunden später darf ich telefonieren. Brauche Geld für den Anwalt. Vorkasse ist angesagt. Die Wiener sind tatsächlich verkrampft.

Rufe deshalb zu Hause an. Nach 40-mal Klingeln hebt der Handwerker ab. Im Hintergrund höre ich den Fernseher.

»Ach Sie«, sagt er. »Also der Pott müsste jetzt normal dicht sein.«

»Toll. Ist noch Geld über? Ich brauche Bares! Können Sie was hierher überweisen?«

Der Handwerker schweigt kurz. Dann sagt er: »Nee. Das ist genau aufgegangen. Auffn Kopp.«

Ich lege auf. Na ja. Immerhin. Diesmal mit Bild in der Wiener Zeitung.

TECHNIK

Die Welt der Technik ist mir keine Unbekannte. Ich bin ein Mann. Ich weiß so einiges. Und es gibt Geheimnisse, von denen ich berichten will.

Zum Beispiel: wie Faxgeräte funktionieren. Ich meine, so ein Gerät schröbbelt und fiept, dann kommt das Blatt, das man in Herne in den Apparat geschoben hat, in Pöppinghausen aus einem anderen Gerät. Dass so was nicht mit Technik zu erklären ist, liegt auf der Hand. Ich halte deswegen Folgendes für überaus wahrscheinlich:

Hinter jedem Fax-Gerät kauern durchsichtige Frettchen, die die Botschaft auf dem Fax spiegelverkehrt lesen und auch behalten. Die merken sich das; das Hirn dieser Tiere ist eine präzise Memomaschine, denn immerhin haben sie in ihrer Eigenschaft als unsichtbare Frettchen nahezu keine natürlichen Feinde. Sobald diese emsigen Kameraden den Text des Fax auswendig drauf haben, rennen sie los, über Stock und Stein, Tische und Bänke. Sie sind schnell, sehr schnell. Ein geschlechtsreifes, unsichtbares Frettchen schafft die Strecke München-Köln in wenigen Minuten. Am Zielgerät wird der Text des losgeschickten Faxes dann über eine verborgene Tastatur im Geräteinneren auf das Papier übertragen, und man hält die Botschaft in den Händen.

Manchmal werden diese zähen kleinen Botschafter aber am Kamener Kreuz von Lkws erfasst, und dann bekommt man einen Anruf: Kollege, das Fax ist nicht angekommen. Schlimm. Aber man denkt sich nichts dabei. Dass wieder so ein kleiner, pelziger Racker zu seinen

Ahnen gegangen ist, entgeht einem. Man spürt nur kurz diesen kalten Schauer ... und sendet noch mal, und wieder metert so ein Vieh los, ein fleißiger kleiner Kamerad, und wir, wir denken nur an uns.

Sie sehen: Wenn man die Theorie erst mal ausformuliert hat, ist sie überhaupt nicht mehr abwegig.

Pah, sagen jetzt manche, Tiere, die sind doch für so was da, nehmense nur den unsichtbaren E-Mail-Esel, der unterwegs zu Ihnen von Rabauken mit zusätzlichen Pimmelvergrößerungsbotschaften bepackt wird, und artig lädt er alles bei Ihnen ab. Mit denen kann man's ja machen.

Sicher, stimmt schon, darum soll's auch nicht gehen. Mir gehts um den kleiderschrankgroßen Kaffeevollautomaten in unserer Lagerhalle. Dies ist eine wahre Geschichte.

Da gibt's alles für 70 Cent: Kaffee, Caffè Latte, Latte Macchiato, Hühnersuppe, Kakao, Cappuccino, mit Zucker, ohne Zucker, Süßstoff, Milch.

Dass ein Automat all diese Getränke nicht zubereiten kann, ist so sicher wie das Amen in der Kirche. Wie also geht das? Ich bin eines Tages dahinter gekommen, als ich einen Euro einwarf, aber kein Kaffee kam. Ich schlug gegen den Automaten, drückte die Rückgabetaste, nix. Ich drosch erneut dagegen, dann vernahm ich Folgendes:

»ICH BIN AM KACKEN, IN DREI TEUFELS NAMEN!«

»Wie bitte?« fragte ich.

»AM KACKEN. Du kannst spontan 'ne Hühnersuppe haben, da komm ich grad dran.«

»Wer ist da?«

»Mein Name tut nichts zur Sache. Kaffee dauert noch 'n Moment.«

Ich hörte, wie Toilettenpapier von der Rolle gerissen wurde. In diesem Automaten war jemand.

»Ich lass das mit dem Kaffee«, sagte ich.

»Nee. Du bist einen verbindlichen Kaufvertrag eingegangen.«

»Ich trete zurück.«

»Ich nehme keine Almosen.«

Es macht SCHRUNG, dann kam ein Becher. Kaffee röchelte hinein.

Ich sagte danke, nahm den Becher mit spitzen Fingern und warf ihn in den Abfalleimer.

»Wie sind Sie da reingekommen?«, fragte ich.

»Sag ich nicht.«

»Gut ... dann werde ich mal die Störungs-Nummer anrufen, die vorn am Gerät steht.«

»Das ist Erpressung!«

»Ja, stimmt«, sagte ich.

Und dann erzählte mir der Mann im Automaten seine Geschichte. Ich gebe sie hier kurz in eigenen Worten wieder.

Ab und an liest man in Heftromanen wie JOHN SINCLAIR folgende Stellenausschreibungen:

JOBS AUF ÖLBOHRINSEL ZU VERGEBEN. HAMMERVERDIENST! VIER MONATE ARBEITEN, VIER MONATE FREI.

Das Vorstellungsgespräch findet stets bei laufendem Motor in einem Opel Omega statt, irgendwo am Straßenrand in Thüringen. Schade, heißt es dann, der Bohrinseljob sei unlängst an eine alleinerziehende Mutter gegangen, aber man habe da was ganz Ähnliches, gleiche Zeiteinteilung, guter Verdienst, auch ein bisschen beengt.

Und so erklären sich dann finanziell klamme Rentner bereit, monatelang im Inneren eines Kaffeevollautomaten zu leben, immer bereit, im Dunkeln ein Heißgetränk zuzubereiten. In einer Wochenendschulung wird den Leuten vorher erklärt, dass die Becher rund sind, die Papptoilette aber viereckig, wie man eine Latte macht, und wo die Hühnersuppe lagert. Schon damit man im Dunkeln die entsprechenden Schläuche nicht verwechselt.

Im Automaten ist eine winzige Wohnzelle: Wasserkocher, Decke, Fix-und-Foxi-Hefte. Angestellte aus den neuen Bundesländern empfinden die neue Umgebung zuerst als Bereicherung, aber auf lange Sicht als etwas reizarm.

Wir hier draußen wissen ja nichts vom Menschen im Heißgetränkautomaten – wie den Menschen selbst können wir auch so einer Apparatur nur vorn Kopf kucken.

Der Mann verriet mir nie seinen Namen, und doch wurden wir Freunde. Vielleicht lag es daran, dass wir uns alles sagen konnten.

Er erzählte mir von seinen gescheiterten Geschäftsideen, drüben im Osten: Er eröffnete einen T-Shirt-Druckladen auf dem Land, und ein Jahr später musste er ein Shirt mit dem Aufdruck: *Ich bin pleite* ins Fenster hängen. Paradoxerweise verkaufte er das 40 000-mal. Dann kam das Finanzamt. Bumm, alles weg. Danach sah er das Stellenangebot. Und ging in den Kaffeeautomaten.

Ich erzählte ihm im Gegenzug von meinen Problemen mit der Chefsekretärin, die mich herablassend behandelte, und eines Morgens, als die Dame sich einen Kakao am Automaten ziehen wollte, baumelte stattdessen ein Penis aus dem Becherausgabeschacht.

Die Frau rannte weg und rief mit rudernden Armen: Da ist ein Penis im Becherausgabeschacht. Und recht hatte sie: Da war ein Penis im Becherausgabeschacht. Woraufhin die Frau entlassen wurde. Man ging nämlich davon aus, sie hätte sich den Penis im Becherausgabeschacht zusammenfantasiert. War 'ne gute Sache. Und ich habe zudem einen Text, in dem viermal *Penis* und viermal *Becherausgabeschacht* vorkommt. Mit der jetzigen Nennung gar fünfmal. Jedenfalls: Durch meinen Freund im Automaten eröffnete sich mir eine neue Welt.

Einmal schmuggelte ich etwas LSD durch den Münzschacht, und mein Kollege brachte es unter die Leute. Zwei Stunden veranstalteten alle, die Hühnersuppe gehabt hatten, sabbernd eine Welt-Meisterschaft im Sackhüpfen, was von der Geschäftsleitung nicht gut aufgenommen wurde. Immerhin hielt der Portier sich aufrecht. Obwohl er bis unter die Kiepe mit Drogen zu sein musste, merkte man ihm nur wenig an, wenn er nicht gerade ans Telefon ging, denn dann begrüßte er Anrufer mit: »Kaminski, guten Tag. Gott ist ein aufblasbarer Flamingo, was kann ich für Sie tun?«

Also eher unauffällig, der Herr Kaminski.

Die Geschäftsleitung blieb alarmiert.

Eben diese Geschäftsleitung jedoch verbrachte nach einem Kakao mit Narkosemittel für Nutzvieh das Pfingstwochenende bewusstlos mit dem Schädel auf der Bürotischplatte, und so schloss sich der Kreis.

Als einziger klar denkender Mensch machte ich im Unternehmen schnell Karriere. Ich trank nur noch mitgebrachte Caprisonne, schleuste aber immer häufiger harte Alkoholika in die Maschine. An einem epochalen Dienstag bestand der Latte Macchiato zu 98 Prozent aus Echt Stonsdorfer, und einer unserer Auslieferungsfahrer schaffte es bis auf CNN, weil er versuchte, mit seinem Ford Transit auf der Achterbahn vom Phantasialand mitzufahren.

Es misslang, hatte aber einen gewissen Schauwert. Schon wegen der vielen Hubschrauber.

Es waren gute Zeiten.

Und dann, eines Tages, kam kein Kaffee mehr. Die Maschine blieb stumm.

Ich wusste, was das bedeutete. Nachts verfrachtete ich den Automaten mit einem Hubwagen in einen Transporter, fuhr bis Zaandvort und beerdigte den kompletten Kasten am Strand.

Ich weinte.

Dann hörte ich von tief unter mir im Sand:

»HALLO? ICH WAR GRAD AM KACKEN!«

Aber irgendwann ist auch mal gut.

DIÄT-TAGEBUCH II

5. September 2014:

Hamburg, 14:30 Uhr
Mein erstes Engagement auf der AIDA. Nice. Hier gibt's alles, um mich in meinem Vorhaben, ein stromlinienförmiger Vorlese-Brad-Pitt zu werden zu unterstützen: mehrere Fitnessstudios, eine Laufbahn, Pools und eine Menge Platz. Ich werde täglich 800 Kalorien zu mir nehmen, aufgeteilt auf vier faustgroße Mahlzeiten, dazwischen Work-outs. Viel stilles Wasser. Knapp drei Wochen werde ich auf See verbringen, und die letzten drei Tage wird der Schiffskoch in der Lage sein, auf meinem Sixpack Hartkäse zu reiben. Ich habe einen guten Stoffwechsel, aber wichtiger noch, einen eisernen, nein stählernen, nee: TITANENEN Willen, mit ganz vielen Schrauben drin und hart verlötet und alles. Ich bin bereit. Mein Schädel ist ein Gefäß der Willenskraft, und mein Darm harrt des Staudenselleries, den ich täglich frühstücken werde. Straff ist die Devise, straff und heiß und gepardenhaft geschmeidig. Läge Eschnapur im Ruhrgebiet, wäre ich dessen sehniger Tiger, der Iron-Man aus der Bahnhofstraße, und mein Body-Mass-Index beginnt vier Stellen hinterm Komma. Drei Wochen der Läuterung. Ihr kennt mich nicht. In mir lebt ein Spartaner, ein ausgezehrter Mönch, der nichts benötigt außer der nie zweifelnden Stille und etwas Wasser.

14:43 Uhr

Scheiße! Sie haben Torte.

JIM BEAM

In meinem Metier ist es wichtig, eine Handvoll männlicher Äußerungen auf Lager zu haben. Ich kann zum Beispiel toll meinen All-time-Lieblingsspruch aus der TV-Werbung sagen: »Hey … das ist kein Jim Beam.«

Das braucht man zwar überhaupt nicht, aber ich kann's. Zumindest dachte ich, dass man den Spruch für nix braucht. Aber Irrtum.

Neulich Abend auf der Autobahn. Auf Höhe Bielefeld ein Rumoren im Darm. Ich also zum nächsten Rastplatz. Gott sei Dank, sehe ich Toiletten von *Sanifair*. Ich hasse es nämlich, an normalen Tankstellen nach dem Klo zu fragen. Ich weiß ja, was ich drauf habe. Gut kann ich, wie gesagt: »Hey … das ist kein Jim Beam.«

Nicht so gut sagen kann ich: »Tach, kann ich bei Ihnen mal die Toilette benutzen?« Krieg ich einfach nicht über die Lippen, seit der Ölkanistersache damals. Können Sie weiter unten im Text »Pegida« nachlesen, was da los war.

Noch schlimmer sind übrigens diese Toiletten mit einer verhärmten Frau als Aufpasserin, so eine mit Untertasse, auf der immer nur ein 50-Cent-Stück liegt.

Ich da rein. Wollte an sich nur 'ne frische Jeans anziehen. Dann dachte ich mir, wenn du schon mal da bist – und verstopfte auf so grauenhafte Art das Klo, dass ich was tun musste. Ich also da am Stehen. Und ich denke: Die Klofrau bringt mich um. TU WAS.

Also baute ich mir einen Schuldigen. Ich zog meine Jacke aus, nahm die Wechseljeans – und stopfte beides mit 19 Rollen Toilettenpapier aus. Das war schon mal der

Körper. Den Kopf meiner Schuldpuppe formte ich, indem ich vier weitere Rollen nass machte, eine Nase modellierte, Augen mit Kuli drauf malte, meine Baseballkappe oben drauf setzte – und zack, hatte ich einen Übeltäter. Ich hakte mich bei der großen Klopapierpuppe unter, verließ die Kabine und begann sofort ein intensives Gespräch mit dem Ding.

»Mensch Udo, was 'ne Sauerei. Kannze doch nicht machen. Jetzt aber husch zu Auto.« Die Toilettenfrau sieht mich und den Klopapiermann starr an.

»Das ist mein Schwager. Von Geburt an Albino. Ich betreu den. Komm, du alter Schwerenöter.«

Die Toilettenfrau will was sagen. Ich schiebe ihr schnell 20 Euro hin.

»Das ist zu viel«, sagt sie dumpf.

»Das kommt ihnen jetzt gerade nur so vor«, erwidere ich.

Aber jetzt bin ich ja bei *Sanifair.* Cool sind bei Sanifair vor allem zwei Sachen:

1. Von den 70 Cent gibt's 50 zurück. Als Wertbon zum Einlösen in der Tankstelle.
2. Sie haben das *wasserlose Urinal.* Steht so am Pinkelbecken. Ohne Spülung. Niemand weiß, wie's funktioniert. Das wasserlose Urinal gibt's ja schon ewig, nur dass es früher einen kürzeren Namen hatte: EIMER. Scheint aber anders zu funktionieren hier. Nur wie?

Egal, Hauptsache 50-Cent-Wertbon. Marschiere mit meinem Wertbon durch die Tankstelle. Was kauf ich jetzt? Die haben ja alles. Zum Beispiel Traumfänger für Rückspiegel. Große Idee, Traumfänger für Rückspiegel. Da sehen dann Lkw-Fahrer beim Sekundenschlaf, bevor sie ins Stauende rasen, noch mal schön ein rosa Einhorn. Die haben auch Sheepworld-Tassen. *Ohne dich ist alles doof* steht drauf. Was denn? *Ohne dich ist alles doof* gilt in meinem Leben vielleicht für Sauerstoff, das war's aber auch.

Was kauf ich jetzt? Darm leer, also Schokoriegel.

Gehe zum Tresen, halte meinen Sanifair-50 Cent-Bon hoch und sage: »Guten Tag, ich war gerade kacken und hätte gern 'n Duplo.«

Die Kassiererin kuckt irritiert. Scheint ihr wohl zu viel Information gewesen zu sein. Gibt's das überhaupt, zu viel Information?« denke ich. Nee. Zumindest über das *wasserlose Urinal* gibt's gar keine Informationen. Das lässt mich nicht los. Wie zum Teufel soll das funktionieren? Du pinkelst da 'rein, PIPI verschwindet ... nur wohin? Nach El Urinal ? Oder was? Was tun die mit dem ganzen Zeug?

Wende mich von der Kassiererin ab. Neben mir sitzt ein Fernfahrer am Tresen und trinkt. Sträter, denke ich, da hätteste auch direkt drauf kommen können. Das *wasserlose Urinal*. Schon kapiert. Ich blicke den trinkenden Mann an und sage:

»Ey ... das ist kein Jim Beam.«

BUBBLE TEA (ENTHÄLT SPARGEL)

Es gibt eine neue Achse des Bösen. Der Feind kam quasi über Nacht. Vermutlich aus Amerika. Bubble Tea. Noch mal bedrohlicher: BUBBLE TEA.

Bubble Tea, das ist erschütternd simpel eindeutschbar – in BLASENTEE. Und sobald man diesen Begriff hört, hat man ihn augenblicklich auf der Zunge, den Geschmack von dampfgegarten orthopädischen Strümpfen: Blasentee. Ein Wort, das man nicht oft genug sagen kann. Es ist fast so schrecklich wie GRAUBROT, ein Backerzeugnis, das klingt, als würde es nachts im Duisburger Hauptbahnhof gefertigt, und zwar von einem Kettenraucher Mitte 70. In den Harry-Potter-Büchern gibt es ein Gefängnis namens ASKABAN, da kommen nur die harten Fälle hin, Hütchenspieler oder was weiß ich, der Kerker liegt im Zappendustern und wird von fliegenden Skeletten in Kutten bewacht. So weit, so gut, aber ich kann mir denken, was da tagein tagaus auf der Speisekarte steht: GRAUBROT und BLASENTEE. So kriegt man wahnsinnige Magier klein. Ich schweife ab. Bubble Tea. Das neue Trendgetränk.

Während Blasentee, und jetzt alle mal: BLASENTEE, schmeckt, wie er klingt – oder stopp, erst mal ein kleiner Einschub für alle, die das jetzt geschmackstechnisch immer noch nicht auf dem Schirm haben:

Stellen Sie sich vor, die katholische Kirche würde im Regionalexpress nach Essen ein nicht klimatisiertes Sterbeabteil einrichten, gedacht für Leute, die das Geld für ein vernünftiges Ableben grad nicht passend haben, oder für Reisende, die im Bordrestaurant stehen und sich denken: Chili con Carne? Da geh ich lieber kaputt, und wenn Sie jetzt in Gedanken dieses rege frequentierte Abteil betreten – da liegt sogar, für den Fall, dass es grad gar nicht fluppt mit dem Versterben, das Magazin der Bahn mit Gutfried-Geflügelwurst-Botschafter Johannes B. Kerner auf dem Cover, ein Mann, den ich jetzt nicht unbedingt als den Oskar Schindler der Hühner bezeichnen würde, egal – und wenn Sie jetzt mal in diesem muffigen Sterbeabteil zum Fenster gehen, sich das fahlgelbe Verdunkelungsrollo schnappen und dran lecken: SO SCHMECKT BLASENTEE.

Der amerikanische Bubble Tea schmeckt ganz anders. Nämlich nach allem. Bubble Tea ist eine derartig krasse Aromakirmes, das lässt sich an sich nicht beschreiben. Ich versuch das trotzdem mal: Stellen Sie sich vor, Sie haben acht Euro über. Dann gehen Sie damit zu einem Krämer, der Bubble Tea für Sie zusammenrührt. Wählen Sie mindestens fünf der folgenden Geschmacksrichtungen: Maoam, Kirsche, Suzuk, Kokosnuss, gekochter Pokémon, Buchenlaminat, Wurst, Fanta, Litschi, Drachenfrucht, Klabusterbeeren, Die Rückkehr der Jediritter, Schweinemett halb und halb, Tollkirschen und Erdbeere.

Es ist wichtig, dass Sie für Ihren Bubble Tea so viele Aromen wählen, dass Sie das Gefühl haben, der Zirkus Krone würde dieses Jahr in Ihrem Schlund gastieren. Sie dürfen keine einzelne Nuance herausschmecken, das muss Phantasialand im Becher sein, kostet ja auch das Gleiche.

Ganz zum Schluss kommt der Clou: die Bubbles. Also die blasen. Falsch formuliert, die blasen nicht, auch nicht für acht Euro, da kommen so Blasen rein, und mit Blasen meine ich glitschige Gelatinekugeln, wo was drin ist. Genauer geht's nicht. Da ist eben was drin. Ich weiß wirklich nicht, was. Die Leute, die es verkaufen, auch nicht. Das liefert in mondlosen Nächten die ukrainische Bubble-Mafia, da fragt man nicht nach. Vielleicht sind's auch die Urzeitkrebse aus der YPS, keine Ahnung. Jedenfalls sind das solche OKOLYTEN von Bubbles, ehrlich gesagt sind vermutlich Peilsender drin, die biometrische Daten an die Deutsche Klassenlotterie funken, da muss dann das Callcenter nicht abends bei den Leuten anrufen, man sieht ja auf dem Monitor: Frau Schröder ist auf Teneriffa und hat die Scheißerei. Wie gesagt: Ich weiß es nicht.

Damit Sie die Bubbles überhaupt ansaugen können, haben Sie so ein Halbzoll-Rohr im Rachen, und während Sie diese nach totem Harlekin schmeckende Spezialität saufen, kommt es immer wieder zu angesaugten FUMP FUMPs in ihrem Hals. Das sind dann die Gelatine-Blasen. Mahlzeit. Dann doch lieber Spargel.

Ich freu mich jedes Mal auf die Spargelsaison. Dann sieht man endlich auch wieder im Dunkeln, dass man auf die Brille gepisst hat, und Spargel ist so gesund. Weil er zu 90 Prozent aus Wasser besteht. Das Kilo kostet gerade mal sechs Euro, und da muss ich schon sagen, da lange ich zu. Wenn ich die Gelegenheit habe, für eine Höllenknete zwei Pfund pimmelförmiges Wasser abzugreifen, bin ich ganz vorne mit dabei. Die restlichen zehn Prozent bestehen ja aus einer offenbar kostspieligen Substanz, die den Urin in etwas verwandelt, mit dem man Bauernschränke beizen kann. Das hat beim Strullen schon Laserschwert-Qualität, da kann man eine Saison lang auf Kneipenklos den flirrenden Strahl kreuzen und Sachen rufen wie »OBI WAN HAT DICH VIELES GELEHRT!«

Wer isst so was? Egal. Bubble Tea ist jedenfalls eher was für diese MANGA-Fans, die immer mit der Sprühdose geschminkt und im Gummi-Schlüpfer über die Buchmesse eiern und aussehen, als würden Sie sich für fünf Mark von der Micky Maus besteigen lassen.

Unterm Strich find ich Kartoffeln gut. Billig, kann man braten, tschüss.

Fazit: Ein paar Dinge waren früher wirklich besser und billiger. Kirmes zum Beispiel. Raupe fahren kostete eine Mark. Raupe ein Begriff? Zur Erinnerung:

Die Raupe ist ein Fahrgeschäft, in dem man testen kann, ob die eigenen Kinder schon so dick sind, dass sie einen töten, wenn man außen sitzt – brandgefährlich, aber finanziell war's zu bewältigen.

Zum Schluss deswegen, quasi als versöhnendes Finale, die Geschichte von der schönsten Geldausgabe meines Lebens.

Seit meiner Kindheit gibt's bei mir um die Ecke 'n Kiosk. Wir nennen so was BUDE. Da gab's Süßigkeiten, Weingummi und Konsorten, alles so stückweise. Wenn ich mit meinen sieben oder acht Jahren dem Mann von der Bude damals mein Taschengeld hinlegte, sah er mich immer so abfällig an, und einige Male sagte er sogar: »Haste nicht mehr Taschengeld gekriegt, Zechenkind?«

2011 war ich noch mal da. Der Kiosk stand noch. Der Mann, mittlerweile alt, erkannte mich nicht. Ich wies auf die Schütten mit dem Süßkram und sagte: »Eine gemischte Tüte für 90 Euro.« Ich sah dem Mann knappe drei Stunden beim Pulen und Eintüten zu, die Sonne ging bereits unter, die Lider des Mannes schienen schwer zu werden, er zitterte, war am Ende seiner Kraft, und dann sagte ich: »Aber ohne Lakritz«.

TEIL II
DIE TV-TEXTE

ERSATZ-PRESSESPRECHER – DIE extra-3-BEITRÄGE

So, Herrschaften. Begeben wir uns nun in Richtung Fernsehen. Im Januar 2014 hatte die NDR-Satiresendung *extra 3* ihr Interesse zum Ausdruck gebracht, mit mir was zu basteln. Eine winzige, aber spaßige Rolle innerhalb der Sendung. Nun bin ich nicht so der Schauspieler. Null. Also dachte ich mir, ich gebe den Ersatz-Pressesprecher für momentan kontroverse Gestalten oder Vereine.

Simples Konzept: Im Hintergrund eine Stellwand mit dem Logo des Schuldigen des Monats, im Vordergrund ein Tisch mit gefaketen Pressekonferenz-Mikros, dazwischen ich, meist mit völlig zerfledderter Hose und Boots, aber immerhin obenrum halbwegs chic. Und ohne Mütze. Beim Lesen können Sie sich die Mütze wieder dazudenken. Los geht's.

SIGMAR GABRIEL

(Juni 2015)

Liebe Bürgerinnen und Bürger,
ich darf Sie herzlich von Ihrem Bundeswirtschaftsminister grüßen!

Sigmar Gabriel möchte heute zu einigen Punkten Stellung beziehen. Also:

Die Vorratsdatenspeicherung ist dufte! Zudem 'ne ganz schlichte Kiste. Wir heften von euch Bürgern einfach jede

Ficki-Ficki SMS ab, und wenn was passiert, egal ob Terror, Verbrechen oder Karneval, packen wir uns die Sau. Punkt. Das Konzept haben wir dem orientalischen Raum entnommen, nämlich der Geschichte von Ali Baba und den vierzig Räubern. An jede Tür ein Kreuz, irgendeiner hat schon Dreck am Stecken. Die Technik, mit der Herr Gabriel die Gegner der Vorratsdatenspeicherung überzeugte, hat er übrigens aus DER PATE. Deswegen heißt er ja auch Siegmar und nicht Verliermar.

Jedenfalls: Die ganzen gesammelten Daten schimmeln dann ein bisschen rum, und die, die übrigbleiben, verticken wir, und zwar an die Amis, was uns natürlich direkt zum Transatlantischen Freihandelsabkommen bringt, kurz TTIP genannt. Da muss man keine Angst vor haben. Die Vorteile überwiegen. Wir stellen uns ja jetzt schon in lange Schlangen und trinken Kaffee für neun Euro pro Becher. Goldene Zeiten brechen an! Wir bekommen dann endlich ohne großen Zollstress das gute amerikanische Brot, das Sie daran erkennen, dass auf der Packung *leicht entflammbar* steht. Und wir können billig jeden Wichs im Internet bestellen! Also noch billiger als jetzt! Die Buchpreisbindung gibt's dann auch nicht mehr, dann kostet Literatur endlich, was sie wert ist – also Thomas Mann 180 Euro, und *Fifty Shades of Grey* gibt's beim Arzt als Prämie, wenn die Bonuskarte für Abstriche voll ist. Alles wird billiger: Lebensmittel, Kleidung, Arbeitskraft! Liebe Bürger, Hand aufs Herz: Ein Chlorhühnchen erkennen Sie sowieso nicht am Geschmack! Wenn überhaupt, merken Sie es, wenn's beim Aufstoßen nach Hallenbad riecht. Was soll die ganze Aufregung? Im Ernst jetzt: Wir sind die SPD, das heißt, Sie können uns blind vertrauen. Also Blind ist im Prinzip die Voraussetzung. Wir sind die Partei der

Mitte. Nur tiefer. Und weil Herr Gabriel endlich mehr sein möchte als der König des Fördervereins für politisches Siechtum, muss eben was passieren. Also: Gabriel will TTIP! Gabriel will die Vorratsdatenspeicherung! Gabriel will im Hotel einen Dönerteller auf dem Kopfkissen, keinen Bonbon! Und Gabriel will das alles zügig! Verdammte Hacke.

Verzeihung.

Noch mal ruhig. Denken Sie darüber nach. Sonst kommt der Herr Gabriel mal in Ihren Wahlkreis. Und dann hat der Arsch Kirmes.

Schönen Abend noch.

VIKTOR ORBÁN

(September 2015)

Liebe Deutsche und Deutschinnen, Menschen, Bürger, Bewohner!

Ich darf ein zackiges GEHT'S NOCH? vom ungarischen Ministerpräsidenten Viktor Orbán überbringen.

Mit einiger Besorgnis hat er zur Kenntnis genommen, dass er jetzt plötzlich der Bullemann sein soll, nur weil er einen Tacken strenger vorgeht als Begrüßungs-Girlie Angela. Dazu sei klar gesagt: Muss so sein. Geht nicht anders. Läuft bei ihm.

Selbstverständlich räumt Herr Orbán ein, die ganzen Flüchtlinge jetzt nicht grade mit Grußkarten und Zupfkuchen zu empfangen, aber Ungarn ist eben klein, da steht man sich schnell mal im Weg, und das will ja keiner, und überhaupt muss man sich doch fragen, was besser ist: Soll man verzweifelte Flüchtlinge jetzt in Empfang nehmen wie bei der Micky-Maus-Parade in Eurodisney oder erst mal in kleinen Schritten die Elendsschwelle runterdimmen?

Herr Orbán hat dazu klar entschieden, im Sinne der homöopathischen Anpassung vorzugehen, indem er den Ankömmlingen subtil demonstriert: Kuckuck, hier ist auch Scheiße. Gummiknüppel-Polka. Und Erstaufnahmelager, die den Namen auch verdienen, Freunde, und nicht so ein weichgespülter Frau-Holle-Wichs wie bei euch in Deutschland.

Und so schlimm sind die Lager auch gar nicht, sonst hätte nicht jedes größere Schuhgeschäft eins. Egal. Aber zum Punkt: Es gibt da Äußerungen, die haben dem geschätzten

Ministerpräsidenten doll wehgetan. Er sei ein Rassist zum Beispiel, und man müsse sich für ihn schämen. Hierzu sei klar gesagt: Herr Orbán ist kein Rassist, sondern farbsensibler Humankritiker. Der Ministerpräsident räumt ein, dass es ihn ein bisschen nervt, dass Ungarn jetzt nicht das bevorzugte Reiseziel der Flüchtlinge sei. Er ist bekümmert, dass am derzeit größten Exportschlager nichts verdient wird, und ein bisschen neidisch ist er auch. Aber nur 'n bisschen.

Man unterstellt ihm zudem, er sei ein Mann ohne Herz. Das darf in aller Form zurückgewiesen werden. Im Gegenteil: Viktor Orbán ist ein sensibler Feingeist, der gute Musik schätzt und ein Tierliebhaber vor dem Herrn ist. Seine Lieblingsband ist zudem eine deutsche, nämlich die *Flippers*, seine Lieblingslieder heißen »Nimm den ersten Zug« und » Arrivederci Roma«, sein Lieblingstier ist der Zaunkönig. Also bitte. Herr Orbán tut doch alles, was in seiner Macht steht. Er hat den Flüchtlingen sogar Arbeit gegeben, wenn auch keine bezahlte. Aber er hat sie über die halbfertige Autobahn Richtung Grenze geschickt, und wenn die die 300 Kilometer schön gleichmäßig zu Fuß nebeneinander gehen und dabei richtig fest auftreten, kann man da anschließend endlich Teer drüberziehen.

Der Ministerpräsident möchte klarstellen: Das alles ist kein Spiel! Aber wenn es eins wäre, wär's wohl Mau Mau. Deswegen einen schönen Gruß und die Frage: Wenn man bei 'ner Sieben zwei Karten ziehen muss, warum zieht ihr Deutschen dann 38? Nur aus gutem Willen? Der Menschlichkeit wegen? Freunde! Was ist los mit euch? Muss man euch erst unter Druck setzen? Das könnt ihr haben! Ab sofort kommt von uns keine Würzmischung mehr für Kartoffelchips. BÄM! Puszta-Kuchen!

Aber Herr Orbán weiß auch: Ihr wollt die guten Deutschen sein. Euch bemühen. Selbst schuld. Ihr setzt die Menschenrechte zu buchstabengetreu um. E für Euro! Wir sagen »aber gerne«. A für Asyl? Wir sagen AM ARSCH. Und so ziehen wir es durch. Euro ja, Asylanten raus. Wenn man das mit den Buchstaben übrigens bei unserem Landesnamen macht, ergibt das, na, tauschen Sie mal, A raus, E rein, und? Richtig.

UNGERN.

Das erklärt ja wohl alles.

Schönen Abend noch.

MINERALÖLKONZERNE

(April 2014)

Liebe Bürger, verehrte Kollegen, wir müssen reden. Der Anlass dürfte klar sein.

Viele Menschen sind der Ansicht, die sogenannte Mineralöl-Industrie sei ein gesichtsloses Konsortium feister Bonzen, die es sich zur Aufgabe gemacht haben, uns Autofahrer systematisch auszurauben.

Ich selbst fahre oft persönlich tanken, denn mein Rumäne lässt ganz oft die Kupplung vom Bentley schleifen, dann mach ich's lieber selbst, und so höre ich das Geschrei der anderen Autofahrer: »Jetzt ist wieder Ostern, da werden die Kack-Benzin-Fuzzis wieder krass am Preis schrauben, die Sackratten die, und der KLEINE MANN zahlt wieder die Zeche!«

Ja, die Nerven liegen blank. Deswegen: Lassen Sie mich Ihnen zwei Geheimnisse verraten.

1. Es gibt keinen KLEINEN MANN. Betreten Sie einen beliebigen Elektromarkt und schauen Sie mal zu, wie Hinz und Kunz in einer endlosen Karawane 70-Zoll-Fernseher zu ihren Wagen schieben. Sicher, es gibt ALLEINERZIEHENDE MÜTTER, die sind am Arsch, die neue Unterschicht, immer alle Hände voll zu tun, aber stets zu wenig Geld im Haus – aber DER KLEINE MANN existiert nicht so richtig. Sonst wären ja auch die oberen Regale im Einzelhandel sinnlos.
2. Es gibt keine gesichtslose Mineralölindustrie. Es gibt nur die Familie Kowallek. Diese Menschen kümmern sich seit Jahrzehnten um alles, was in Europa mit Benzin zu tun hat. Günther Kowallek, 57, ist der Chef, ein

erdiger Mann, der noch mit anpacken kann. 1982 gründete er sein kleines Unternehmen, mit nichts als einem Rama-Becher voller Schmieröl. Sein Sohn Maurice, 12, filtert das mittlerweile tonnenweise angelieferte Rohöl durch ein Teesieb, wenn er die Hausaufgaben fertig hat, was oft geschieht, denn er ist ein fleißiger Bub. Gattin Rita Kowallek macht die Buchhaltung. Sie wurde in Thüringen geboren und war in ihrer Jugend mal Miss Brocken, was irgendwie kein richtig schöner Titel ist. Sie telefoniert täglich 18.000 Tankstellen ab, schreibt alle Bestellungen in ein liniertes Heft, und in der Folgenacht liefert dann ein hinkender Pole den bestellten Kraftstoff mit dem Bollerwagen aus.
Ja, das ist alles Handarbeit, die da in diesem unscheinbaren Reihenhaus nahe Wuppertal erbracht wird. Selbst Oma Petra-Cäcilie, mit 82 das heimliche Oberhaupt der Familie, hat ihre Aufgabe. Sie wimmelt die ungebetenen Anrufer ab, das Finanzamt, renitente Tankstellenpächter, sogar Scheichs. Diese Menschen rufen dauernd an, verlangen das Hochsetzen des Benzinpreises, kreischen, betteln. Aber Oma Petra-Cäcilie lacht dann immer und legt auf. Ohne sie läge der Benzinpreis längst bei neun Euro achtzig pro Liter. Das will sie nicht. Sie kennt noch den Geschmack zerbombter Rüben. Deswegen wurde die kleine Firma nach ihr benannt: OPEC. An Ostern jedoch fährt Oma immer nach Holland, der Blumen wegen, denn sie weiß, die Natur hat uns lieb. Und dann geht gelegentlich der kleine Maurice ans Telefon und winkt irgendwelche Erhöhungen durch. Dann kriegt er wie üblich Facebook-Verbot und muss seinen Teller mit Sauerbraten drei Wochen unter seinem Bett aufbewahren, bis er

ihn fotografieren und posten darf. So kommen diese Benzinpreise zustande. Ich hoffe, das räumt mit den Vorurteilen auf. Oder missgönnen Sie einer alten Dame drei Tage Sonne im Flachland?

Wenn Sie die hohen Preise an Ostern stören, tanken Sie einfach danach. Sie lassen sich doch sowieso die ganze Zeit verarschen. Bei Tankstellenprämien zum Beispiel. Für 40.000 getankte Liter bekommen Sie eine Bifi-Luftmatratze. Sie Idiot. Aber es gibt Hoffnung: VW arbeitet fieberhaft an einem Auto, das mit Wasser betrieben wird. Es verbrennt allerdings beim Anlassen 70 Liter Super. Und ein großer bayerischer Autobauer wird Sie 2017 ohnehin unabhängig vom Benzin machen. Der neue X9 tankt dann nur noch Druckertinte.

Bis dahin – halten Sie durch. Und im Namen aller einen lieben Gruß an Omma! Schöne Ostern.

WAFFENLOBBY

(August 2014)

Liebe Bürger,
zuerst einmal: Wir sind nicht »die Waffenlobby«. Was soll das sein? Eine Empfangshalle, in der zur Dekoration Gewehre hängen? Wir von der Vereinigung der Metallfabrikanten, deren beliebte Erzeugnisse BUMM machen können, sind nichts weiter als Handwerksbetriebe. Wir verkaufen unsere liebevoll montierten Produkte in alle Welt. Sigmar Gabriel hält uns allerdings für den Teufel. Mit welchem Recht? Er meint, er möchte kein Geschäft mit dem Tod unterstützen. Dann soll er Gunther von Hagens KÖRPERWELTEN zumachen und halbe Hähnchen verbieten. Wir feuern doch nicht unsere langjährigen Angestellten, nur weil Herr Gabriel unter gewissensbedingtem Hirnfraß leidet.

Diese Menschen sind unser Kapital. Viele von denen wissen nicht mal, was sie bei uns zusammenbauen ... erst vor Kurzem hat ein Mitarbeiter ein ausgemustertes vollautomatisches Geschütz mit heimgenommen und an seinen Hochdruckreiniger montiert. So ahnungslos sind die. Der war ganz schön baff, als kein Wasser kam. Die Hauswand wurde trotzdem sauber. Und er hat ab sofort freien Blick aufs Esszimmer. Also auf das, was davon übrig ist. Liebe Menschen da draußen, glauben Sie uns: Wir nehmen unseren Auftrag ernst und fertigen Wehrtechnik höchster Qualität. Made in Germany.

Nur selten erreichen uns Briefe wie dieser:

Sehr geehrte Damen und Herren,
Ein Kollege von mir hier im Jemen hat ein Gewehr von Ihnen, dessen Abzug ein bisschen schwergängig ist. Jetzt will seine Witwe wissen, ob man die Waffe einschicken muss und ob sie ein Tauschgewehr erhält?

Service ist uns wichtig, da kennen wir nix. Selbstverständlich schicken wir Ersatz, nötigenfalls so lange, bis es in der betroffenen Region mehr Waffen als Menschen gibt. Sicher, die Geschäfte laufen. Und nun kommt ein Sigmar Gabriel daher und möchte uns plötzlich den Hahn zudrehen. Das alles ist so lächerlich: In Ostwestfalen darf ein Muslim nicht Schützenkönig werden, weil irgendeine Satzung im Kleingedruckten festlegt, dass nur Christenmenschen mit ihrer Else auf die Kutsche klettern dürfen ... Wir aber sagen: Egal, wer du bist, woher du kommst und ob es um einen Holzadler geht oder um ein Gebiet, das du gerne hättest, oder ob du vielleicht alle anderen Religionen außer deiner nicht gut findest: Wir haben die Lösung, und meistens macht Sie peng.

Lieber Herr Gabriel, Sie tragen den Namen eines Erzengels ... also sollten Sie sich vielleicht klarmachen, dass die Welt voller Schützenkönige ist. Und worauf schießen die zuerst? Richtig: auf die Flügel. Schon die Schlagersängerin Nicole mahnte: Flieg nicht so hoch, mein kleiner Freund.

Sie alle, wie auch Herr Gabriel, haben ein falsches Bild von uns. Wir sind karitativ tätig. Als Beispiel möchte ich nur den Heckler & Koch-Kindergarten in Salzgitter nennen, Deutschlands einzigen unterirdischen Hort. Und ich frage Sie: Was wäre eine Welt ohne Waffen? Stellen Sie sich nur Clint Eastwood vor, der versucht, mit einer Salatgurke zu schießen. Wir sind hier alle eine große Familie, voller

Menschlichkeit und Humor. Liebe Deutsche, wussten Sie zum Beispiel, dass wir extra Leute beschäftigen, die witzige Sprüche in Geschosse gravieren? Zum Beispiel WER DAS LIEST, IST PATHOLOGE. Hehehe! Wir sind keine Industrie – wir sind Menschen wie Sie.

Zum Schluss möchte ich Ihnen deswegen den im Oktober erscheinenden *Lyrikband der Wehrtechnik* ans Herz legen. Er kostet 9,95 und enthält ergreifende Verse wie diesen hier:

Unsere Ware rockt total,
Wir haben immer 'ne Kugel im Lauf.
Logo, da gibt's noch diese Moral,
aber für Knete kacken wir drauf.

Danke für Ihre Aufmerksamkeit.

WELTRELIGIONEN

(Januar 2015)

Merhaba,
Shalom,
guten Tach,
offensichtlich müssen wir mal reden. Wir von der Vereinigung der fünf Weltreligionen sorgen uns. In meiner Eigenschaft als Sprecher sehe ich es als dringend geboten, eine Stellungnahme abzugeben, denn unterschwellig brodelt seit Jahrtausenden die Frage: Wer hat den coolsten Gott?

Heikles Thema – hat doch jede Religion ihre Anhänger und Probleme. Seit 1000 Jahren hauen wir uns sozusagen über Kreuz eins auf den Schädel. Religion ist kompliziert.

Reden wir über die Kernprobleme: Der Islam hat aus westlicher Sicht ein massives Frauenproblem und einen kleinen Teil Anhänger, die auf so ziemlich alles schießen, wenn einer nur zu laut hustet.

Den extremen Teil des Islam erkennt man daran, dass er einen eigenen YouTube-Kanal hat, Fusselbärte trägt – gut, bis hierhin könnte es auch Bushido sein – und bei Satire ziemlich humorlos reagiert, oft im Zusammenspiel mit Sprengstoff und Gewehren. Den nichtradikalen Teil erkennt man oberflächlich an nix, genauso wenig wie den deutschen Nazi, da muss man einfach ein Grundvertrauen haben, grade, wenn's dein Nachbar ist. Punkt.

Das Judentum ist eine der entspanntesten Religionen – keine Missionierungsexzesse, coole Kleidung … und trotzdem sind sie in den Charts der Verfolgten ganz oben mit dabei. Wir Deutschen haben uns da besonders hervorgetan.

Der Hinduismus ist superkompliziert, schwer zu erklären, es geht für Außenstehende über Tische und Bänke, es gibt die Kasten, und wenn du was auf eben diesem Kasten hast, bist du spirituell rein – wenn nicht, nähst du für H&M.

Den Buddhismus kennen wir als Religion, die oft ein Bildnis des rasierten Rainer Calmund präsentiert, als bis an die Grenze des Chilligen gemäßigt gilt und so auch nicht weiter negativ auffällt.

Das Christentum ist zum Beispiel in Deutschland beheimatet und weist hier überaus interessante Praktiken auf: Ultrabrutale Kreuzzüge gegen Andersgläubige, allgemeine Weltfremdheit, offene Hosenschlitze – und die Unart, Gläubige genau dann in die Kirche zu beordern, wenn sie eigentlich mal auspennen könnten.

Soweit, so seltsam.

Jetzt fragt man sich – warum können ein paar dieser fünf Vereine nicht leger koexistieren? Und vor allem: Was haben sie gemeinsam? Sie alle glauben an eine höhere Macht, die Namen sind verschieden, aber der Glaube ist da. Es ist gut, wenn man einen Glauben hat. Noch besser ist, wenn Sie im Namen Ihres Glaubens nicht einen Abzug betätigen, morgens um acht ungefragt an andererleuts Tür klingeln oder goldene Badewannen kaufen.

Ich fordere Sie hiermit auf, sich zu mäßigen. Das gilt für alle. Ich fordere die Christen auf, nach ihren betagten, klapperigen Nachbarn zu sehen, die Muslime, sich deutlich und ohne Wenn und Aber von den Extremisten zu distanzieren ... und das Judentum fordere ich zu nix auf, einfach, weil es noch Jahrtausende dauert, bis halbwegs Gras über Hitlers Scheißdreck gewachsen ist. Wir haben so viele Gemeinsamkeiten. Zum Beispiel den ERZENGEL

MICHAEL. Er taucht beim Judentum, den Christen und im Islam auf. Ein Engel, drei Minijobs. Das zeigt: Von nix kommt nix. Also los.

Und für die Nihilisten da draußen, die mal einfach sagen »Ich glaube nur, was ich sehe«: Is klar, mein Freund – dann nimm als Beispiel mal WLAN. Ist unsichtbar, funktioniert trotzdem.

Fragen? Keine? Danke. Tschüss.

PHARMAINDUSTRIE

(September 2014)

Verehrte Damen und Herren,
reden wir mal Tacheles. Immer häufiger erschallt der Kanon: Die Pharma-Industrie ist nicht daran interessiert, Medikamente gegen manche Krankheiten zu entwickeln. Blödsinn. Wir befinden uns längst im kräftezehrenden Kampf gegen eine der übelsten Seuchen, von denen die Menschheit je heimgesucht wurde – den Wechseljahren. Dieses Leiden ist so tückisch, so einschränkend in der Lebensqualität, dass wir es extra erfinden mussten, um was dagegen unternehmen zu können! Jahrhundertelang hieß es nur: »Erika, was hast du für'n roten Kopp?«, aber nun haben wir DIE WECHSELJAHRE – und eine wirksame Therapie, auf dass sich nie wieder eine Schwabinger Immobilienmaklerin mit der Hand Luft zufächeln muss. Verdammte Hitzewallungen. 50 Prozent der Bevölkerung erwischt es. Auf der anderen Seite gibt es dann so Sparten-Kack wie Ebola. Wozu braucht man da 'n Heilmittel? Wer kriegt das denn? Der Ebola-Virus ist wie eine Mischung aus ARTE und NOKIA. Sieht man nicht, macht keinen Spaß, hat aber auch irgendwie kaum einer. Natürlich ist es folgerichtig total unwirtschaftlich, gegen den Ebola-Virus ein Medikament zu entwickeln. Wenn du Bäcker in Bielefeld bist, fährst du ja auch nicht sechs Stunden mit dem Zug nach Augsburg, um dir da von Fremden eine Tasse Mehl zu leihen. Das rechnet sich nicht. Außerdem gibt es wirksame Präventiv-Maßnahmen, um den Ebola-Virus gar nicht erst am Hals zu haben.

1. Essen Sie viel ungespritztes Obst.
2. Machen Sie Kniebeugen.
3. Trinken Sie warmes Wasser in kleinen Schlucken.
4. Tun Sie das alles weit weg von Westafrika.

Oder machen Sie mit bei unserer Challenge: Wälzen Sie sich in einem Zentner Pellkartoffeln, laden das auf YouTube hoch – und überweisen Sie uns 500 Euro. Wenn genug zusammenkommt, kucken wir mal.

Bis dahin machen wir weiter mit der Forschung zur Bekämpfung echter Krankheiten. Nicht gegen Viren, die von Affen übertragen werden. Was für Affen überhaupt? Haben Sie einen Affen? Ich hab keinen Affen. Und selbst wenn Ebola über die Luft übertragen wird – dann atmen Sie eben nicht in Krisengebieten! Wenn Sie das vor der Infektion nicht hinkriegen ... danach klappt's auf jeden Fall.

Kümmern wir uns um die Leiden in *unserem* Land. Als Beispiel sei nur die flächendeckend auftretende Gesichts-Entstellung genannt, die durch Blitzlichter und Elektrosmog ausgelöst wird – die SELFIE-STAUPE! Wir tun, was wir können. Nächsten Monat kommen von uns Tabletten auf den Markt, die Ihr Nervensystem so weit ausschalten, dass Sie die chemischen Dämpfe einer PRIMARK-Filiale überleben.

Wir erforschen, warum in öffentlichen Toiletten 99,2 Prozent aller Bakterien absterben, wenn man Lieder von Helene Fischer spielt. Wir kümmern uns um Sie, liebe Deutsche!

Aber unser größter Kampf steht noch bevor: Aktuelle Studien zeigen, dass akuter Hirnfraß auf dem Vormarsch ist. Fünf Prozent der Sachsen sind bereits betroffen. DA müssen wir ansetzen.

Ich danke für Ihre Aufmerksamkeit.

VERBAND DEUTSCHER MAKLER

(Dezember 2014)

Liebe solvente Bürger,
wir möchten einiges richtig stellen.

Wir sind bestürzt zu der Auffassung gekommen, dass einige Menschen da draußen denken, wir wollen nur ihr Geld. Das ist Blödsinn. Wenn Sie Vermieter sind.

Es ist schon seltsam. Lange Jahre war Ruhe im Karton, und plötzlich sind wir die Bösen. Wobei wir Worte wie KARTON gar nicht benutzen, das heißt nicht KARTON, sondern KOMPAKTE SINGLEWOHNUNG MIT INTERESSANTEM DÄMMUNGSKONZEPT.

Sie ahnen doch zudem gar nicht, was wir für unser Geld alles tun. Sicher, einerseits sind wir der teuerste Schlüsseldienst der Welt, aber wir sind auch Gastgeber, und für uns hat der Kunde immer recht. Wenn er recht hat.

Wir werden jahrelang geschult, um eine Wohnungsbesichtigung für Sie unvergesslich zu machen. Wenn Sie zum Beispiel die Küche betreten, und sagen: »Das ist die Küche«, dann kennen wir da nichts. Wenn das stimmt, sagen wir auch »Ja, das ist die Küche«. Und im Bad drehen wir auch gerne mal richtig auf, da klopfen wir schon mal launig auf den Klodeckel und sagen: »Wellness pur«. Wir entdecken so ein Objekt ja gemeinsam, und was Schöneres gibt es nicht. Das soll für Sie wie eine Expedition mit einem Freund sein, und von Leuten wie Thor Heyerdahl wissen wir: Expeditionen kosten Geld.

Wir sind aber nicht nur Freunde, wir sind auch Propheten. Wenn wir mit Blick auf eine kaputtgedroschene

Besenkammer sagen: »Das wird noch gemacht«, dann kann das eintreten. Man weiß nicht, wer's machen wird, wann und was es kostet, und vor allem, wen ... aber möglich wäre es. Der Duft von Wundern liegt in der Luft.

Wir Makler sind ein Verein ohne Geheimnisse. Wir wollen transparent sein. Das bringt uns zum Thema Bestellerprinzip. Der Gesetzgeber möchte, dass nun nicht mehr der Mieter die Provision zahlt, sondern der Vermieter. Und wir fragen: Warum das denn? Sie gehen doch mit uns auf Kurzurlaub in anderleuts Butzen. Dem Vermieter gehört die Wohnung doch!

Und schlimmer noch, stellen Sie sich mal vor, wir nehmen 2,38 Monatsmieten Courtage vom Vermieter – und der macht das dann wie Vodafone, nimmt die ersten drei Monate vom Mieter 9,95 Euro, wir kriegen dreiundzwanzigachtundsechzig Provision, und dann setzt der Vermieter die Miete auf 1.900 kalt rauf, und wir kucken in die Röhre.

Die Courtage muss weiterhin vom Mieter bezahlt werden. Denn Courtage setzt sich zusammen aus Cour, also genesen, das T bedeutet nix, und den Rest des Wortes können Sie sich denken. Cour-t-arsche meint also, sich an irgendeinem Arsch gesundzustoßen, und mit Vermieterärschen geht das nicht.

Es gilt auch keineswegs ein Bestellerprinzip. Es gilt das Prinzip: Wer's dringend braucht, zahlt. Dieses Modell funktioniert schon sehr lange in den Geschäftsfeldern WLan und Prostitution. Warum daran rütteln? Oder wenn Ihnen das zu hoch ist, denken Sie einfach, eine Maklerprovision sei wie das Zahlen der Kirchensteuer: also keine Ahnung, warum. Eben für eine höhere, unsichtbare Macht.

FIFA

(Mai 2014)

Einige bösartige Individuen bemängeln ja, dass die FIFA *Lizenzen* für Computerspiele wie FIFA 14 vergibt, obwohl speziell FIFA-Papst Joseph Blatter besser in Spiele wie CALL OF DUTY passen würde.

Wie gewaltiges Unrecht der FIFA, diesem nahezu gemeinnützigen Verein, getan wird , möchte ich Ihnen gern darlegen. Man spricht von einem System der Korruption. Unverschämtheit.

Die FIFA wurde vor 400 Jahren eher zufällig gegründet, als ein sterbendes Gürteltier im Zusammenbrechen mit dem trötenförmigen Schädel gegen einen beinahe runden Stein stieß und dieser daraufhin elf Meter wegrollte. 1782 dann die Geburt von Joseph Blatter. Er wuchs in ärmlichsten Verhältnissen auf. Zudem litt »Old Blatterhand«, wie er bereits mit acht Jahren von seinen Dienern genannt wurde, unter einem Sprachfehler. Sein Taschengeld, das er stets unter der Hand bekam, setzte er, tierlieb, wie er war, zum Kauf einer kapitalen Mischlingskatze namens Mohrle ein, die sich allerdings als Weibchen entpuppte und deswegen am Stock gebraten werden musste.

Jahrzehnte später äußerte er radebrechend seinen Schmerz darüber und teilte der Weltpresse seinen dringlichsten Wunsch mit: »ICH WILL KATAR.«

Ein Missverständnis. Die Presse höhnte. Die FIFA stellte daraufhin Al Pacino ein, der während Pressekonferenzen böse kuckte.

Und machen wir uns mal nichts vor: Ja, die FIFA zahlt durchaus motivierende Trinkgelder, wenn's mal brennt. Und? Dafür zahlen Sie auch Steuern, bis der Arzt kommt. Im Durchschnitt 4,5 Prozent. Davon konnte letztes Jahr eine Verkehrsinsel in Zürich eingeweiht werden. Der Rest vom Geld wird benötigt, um den Todesstern fertigzustellen.

Unterm Strich läuft alles transparent. WM-Länder werden fair gelost – allerdings durchaus unter Berücksichtigung eindrucksvoller Willensbekundungen. Bewerbungen in prallen Reisetaschen werden bevorzugt.

Aber die Zukunft sieht rosig aus. Klar, der Brasilianer an sich muss sich ein bisschen umstellen. Von Anfang an war ja wohl klar, dass zum Beispiel São Paulo so umgestaltet wird, dass es wie Hannover aussieht. Gut ... Hannover hat keinen Arsch voll sinnloser Stadien, die keine Sau braucht, und in der Regel lässt man da auch keine ganzen Straßenzüge mit Stumpf und Stiel wegplanieren, aber der Brasilianer ist nun mal auch ein bisschen verkrampft. Aber versprochen: Die taufrisch obdachlos gewordenen Menschen dürfen umsonst in Turnhallen knacken, bis wir wieder weg sind, und die Hinterbliebenen der Baustellenopfer erhalten einen lizensierten FIFA-Ball. Logo, es wird Tote, Verwüstung und absolute Anarchie geben – aber auch Nutella!

Einziges Problem bleibt Katar. Das ist nämlich, wie im Nachhinein herauskam, eine furztrockene Wüstenregion. Aber die Bewässerungspläne stehen.

Großkreutz pisst sich schon mal warm.

ANGELA MERKEL

(Mai 2015)

Liebe Bürgerinnen und Bürger,
die Kanzlerin lässt herzlich grüßen!

Aber: Mit Verwunderung hat Frau Merkel zur Kenntnis genommen, dass es offenbar Menschen gibt, die zu glauben bereit sind, man hätte bereits 2013 gewusst, dass die NSA nicht so direkt Lust hatte, ein Anti-Spionage-Abkommen zu unterzeichnen. Das ist Kokolores.

Vielmehr trifft Folgendes zu: Die Kanzlerin wusste an sich gar nicht, worum's bei der Sache geht. Sicher räumt sie ein, das entsprechende Dokument quergelesen, aber nicht als »NO-SPY-ABKOMMEN« erkannt zu haben – sie las stattdessen, es würde »Nospy der Abt kommen«, ... und da hat sie natürlich gesagt, das ist ein komischer Name für 'nen Geistlichen, aber das müssen die ja selbst wissen, ein früherer Papst hieße ja auch »Benedikt Xvieh«.

Natürlich hat Herr Westerwelle die Kanzlerin seinerzeit dann dahingehend gebrieft, dass es nicht »Benedikt Xvieh« heiße, sondern Benedikt der Sechzehnte, man spreche die Buchstaben hinterm Namen als Zahlen, und zudem heeße es irgendwie nicht Nospi, sondern NO-SPY. Die Kanzlerin war dann auch umgehend dagegen, sie sagte wörtlich, »bevor ich spei, trink ich ein Glas kaltes Wasser«, und dann war das auch im Kanzleramt kein Thema mehr. Und nun ist niemand überraschter als die Kanzlerin selbst, dass diese amerikanischen Rabauken in diesem unserem Lande rumhorchen. Und zwar mithilfe des BND. Dazu möchte Frau Merkel aber nichts sagen. Das ist nämlich ein Geheimdienst. Und unsere Kanzlerin kann schließlich ein Geheimnis für sich behalten. Außerdem lässt sie ausrichten, sie habe keine schönen Erfahrungen mit klaren Aussagen gemacht, da kämen anschließend immer so seltsame Leute und fragten so Zeug, und das mag Frau Merkel nicht. Sie mag die Farbe beige. Und Butter. Und Hosenanzüge, in denen sie aussieht wie ein Marschflugkörper. Und den Harz. Aussagen nicht. Oder nur dann, wenn sie für jedermann begreifbar und fundamental richtig sind, zum Beispiel: »Augen auf beim Eierkauf.« Außerdem heißt es *regieren*, nicht *reagieren*. Die Kanzlerin sagte einmal: »Vor lauter Globalisierung und Computerisierung dürfen die schönen Dinge wie Kartoffeln oder Eintopf kochen nicht zu kurz kommen.« Sie meinte damit: Sie dürfen zwar alles essen, aber nicht alles wissen.

Zum Schluss deswegen ein kleines Gewinnspiel.

Frau Merkel lässt fragen: Was bedeutet die Rauten-Geste, die sie immer mit ihren Händen macht?

a) Ich würge unsichtbare Dackel
b) Abhören zwecklos – ich hab ein Funkloch
c) Torwandschießen 1 Mark

Schreiben Sie eine Postkarte ans Kanzleramt – zu gewinnen ist eine halbe Homo-Ehe. Halb deshalb, weil einer von beiden eine Frau sein muss. Und einer ein Mann. Der Rechtsweg ist ausgeschlossen ... Und bitte ausreichend frankieren. Telefonnummer genügt. Die restlichen Daten haben wir wahrscheinlich.

Schönen Abend noch!

GDL

(Oktober 2014)

Liebe Bürger,
wir von der Lokführergewerkschaft GDL möchten Stellung beziehen. Man munkelt, wir seien gierig, weil wir für unsere Lokführer mehr Lohn fordern – und dass wir bereit seien, dies mit Streiks durchzusetzen. Auf Kosten der Fahrgäste. Bitte? Was für Kosten? Deutschland geht es doch gut.

Sicher, es gibt immer Menschen, die eine Pfandflasche aus dem Mülleimer holen, um finanziell durchzukommen. Aber genauso gibt es jene, die nachts um vier in eben diese Flasche reingepisst haben, um ihren Platz in der Schlange vorm Apple-Store nicht zu verlieren.

Was möchte der Lokführer als solcher denn? Ein bisschen mehr in der Lohntüte. Aber die Öffentlichkeit macht ein Geschrei, als fordere man für jeden Lokführer eine goldene Mütze und einen eigenen Jim Knopf, der Kaffee holt. Sie haben doch, liebe Bürger, keine Ahnung, was für ein Höllenjob das ist, so einen Zug zu lenken. Und dann der ganze interne Kram. Was denken Sie denn, wer das steuert, dass eine von drei Steckdosen an den Sitzen nicht funktioniert? Oder auch mal alle? Das ist ein ganz kniffliger Algorithmus, das so hinzukriegen. Das muss man hochdrücken wie beim Spielautomaten. Auf der anderen Seite müssen die Lokführer ganz altmodisch am Durchsagen-Glücksrad drehen, das ist stellenweise noch aus Pappe und total schwergängig. Deswegen auch immer diese Pausen in der Durchsage: »Sehr geehrte Damen und Herren, wir haben momentan 20 Minuten Verspätung wegen ....

eines Oberleitungsschadens. Nee, doch nicht. Eine ... Signalstörung. Wir bitten um Verständnis.«

Dann hat es mal wieder gehakt, da hat keiner Spaß dran. Und die Verspätungsgründe vom Glücksrad muss sich so ein Lokführer selber ausdenken, da kommt keiner zu Hilfe! Was meinen Sie, was da manchmal für'n Blödsinn drauf steht: vorausfahrender Zug, allgemeine Bauarbeiten, Einhörner im Gleisbett, brennendes Krokodil auf acht Uhr ... alles schon gehabt. Und das bring bitte mal in ganz neutralem Tonfall. Diese Arbeit ist schwer. Da muss der Rubel dann mal rollen, Herrschaften. Aber der durchschnittliche Bahnkunde begreift es nicht! Er spart ja immer am falschen Ende und kauft sich jedes Jahr aufs Neue eine Bahncard 50, obwohl viele Fahrten so eine Verspätung haben, dass er sowieso die Hälfte wiederkriegt.

So ein Lokführer hingegen, der denkt mit, der bringt eigene Ideen ein. Damit sich keiner mehr vor den Zug wirft, haben die zum Beispiel extra einen Aufkleber für die Schnauze vom Zug entworfen, auf dem stand: TU ES NICHT – ES IST KEINE LÖSUNG! Das ging auch eine Zeitlang gut, aber immer, wenn ein Zug langsam in den Bahnhof einfuhr, bezogen die Leute den Spruch aufs Bord-Bistro, und der Umsatz brach weg. Es reicht.

Und deswegen werden die Züge jetzt mal ein paar Tage stehenbleiben. Da ist Streik eigentlich ein zu hartes Wort für. Das muss man positiv sehen. Ein altes Eisenbahner-Sprichwort sagt ja auch: »Züge, die mit Absicht stehen, verspäten sich nicht aus Versehen.«

Wir sind nur eine kleine Gewerkschaft, sicher. Wir vertreten auch nur einen kleinen Personenkreis – können aber das halbe Land lahmlegen. Wir bleiben indes kompromissbereit. Wir sagen sogar: Zur Not fahren die Züge auch im Streik. Aber dann machen wir am Gleis die Tür nicht auf. Dann fährt eben nur mit, wer Saugnäpfe an den Griffeln hat. Das ist auch ein eher kleiner Personenkreis. Denken Sie bitte daran – wir von der GDL wollen was bewegen. Aber das muss kein Zug sein. Ein weiteres altes Sprichwort sagt nämlich auch: »Reisende soll man nicht aufhalten.« Aber für Geld machen wir da gerne mal ’ne Ausnahme. Vielen Dank.

WLADIMIR PUTIN

(März 2014)

Verehrte Kollegen, beste Grüße von Herrn Putin. Persönlich hat er es heute nicht geschafft, denn er hat sein Oberhemd am Baggersee liegen lassen. Versace. Ärgerlich.

Zuerst möchte Herr Putin gern Stellung zum leidigen Thema Ukraine beziehen. Es ist richtig, dass der Staatschef der Ukraine, Viktor Janukowitsch, in einem recht gepflegten Moskauer Hotel untergebracht war. Aber: Das zahlte der Herr Putin nicht komplett: WLAN zum Beispiel musste Janukowitsch selbst löhnen. Nutten auch. Ganz zu schweigen von den Jean-Claude-Van-Damme-Filmen. Da kommen schnell mal 100 Euro zusammen.

Des Weiteren: Einige Staatschefs von Hysteriestaaten wie Deutschland und Amerika ballern Herrn Putin momentan arg mit Spam zu. Putin bittet lieb, das zu unterlassen. Weder möchte er auf WhatsApp noch einen einzigen traurigen Smiley von Barack Obama sehen, noch irgendeine weitere Postkarte mit Glanzbildern von der deutschen Kanzlerin. Das ist alles unsinnig.

Samstag war Herr Putin so belustigt von der Fehlannahme, man würde die Ukraine militärisch besetzen, dass er zwischenzeitlich zu sehr lachen musste, um einen Braunbären zu erwürgen. Er sieht das nicht einmal als bösartige Unterstellung ausländischer Presseorgane, sondern schlicht als bedauerliche Fehlinformation. Das sind quasi Krims Märchen. Es handelt sich keineswegs um einen Einmarsch, sondern um den Betriebsausflug der Streitkräfte.

Der wurde schon im Oktober geplant, und unter den Soldaten wurde abgestimmt, wohin die wilde Fahrt gehen sollte. 7000 Stimmen entfielen auf das Gebiet Krim und Umland, nur vier auf Eurodisney bei Paris. Das ist Demokratie vom Feinsten. Zudem darf man nicht vergessen, dass Russland die Ukraine seit langer Zeit mit Gas beliefert, und zwar nicht von oben, sondern für die Heizung. Auf Pump. Also sind natürlich noch ein paar Panzer voller Jungs dabei, die den Zählerstand ablesen wollen. Ordnung muss sein. Alles ganz harmlos.

Also, liebe Amerikaner: Keiner quatscht euch rein, wenn ihr mal wieder einen Staatskollegen wegen des Verdachts auf offene Schnürsenkel aus irgendeinem Erdloch zieht und dabei Bodenschätze entdeckt, also bitte haltet euch aus dem Wandertag unserer tapferen Soldaten raus. Klar mag Herr Putin es gern, wenn auf Missstände hingewiesen wird, da gewinnt der pfiffigste Wortbeitrag schon mal einen Trip ins Ferienlager Sibirien. Aber dann müssen auch die Fakten stimmen. Sie haben, verehrte Bürger, Kollegen und Staatsmenschen, ein völlig falsches Bild von Wladimir Putin. Er denkt viel nach, sitzt manchmal einfach nur mit einer Tigerblut-Schorle vor einem lustig brennenden Auto und sinniert über Dinge wie: Sach mal, hatten wir nicht noch Zeugs auf der Krim rumstehen? Schiffe und so? Und Feuerwerk? Müsste man auch mal wieder feucht durchwischen, den Kram. Putin ist ein friedliebender Mann. Er macht gern Bilder mit Ministeck. Häkelt viel. Er hat alle Alben von *Ace of Base*. Und er mag sogar den Herrn Klitschko. Warum auch nicht – Männer, die ihrer Arbeit mit freiem Oberkörper nachgehen, können so schlecht nicht sein. Aber er ist traurig darüber, dass man ihn außerhalb Russlands für einen Bad Boy hält. Doll traurig. Also bitte, bitte, lässt er ausrichten, Barack, altes Haus, und Angela, du Partybremse, und vor allem liebe

NATO, du komischer Schützenverein: Kümmert euch um euren Wichs. Ich komm hier zurecht.

Soweit Herr Putin.

Also, liebe Kollegen und Mitmenschen:

Er meint es nicht böse, der Herr Putin – aber es nervt langsam, und Putin sauer zu machen ist nicht schön, da hat man schnell mal 'ne Prise Uran im Knoppers. Er bittet höflich, dies zu bedenken.

Auf Wiedersehen.

FRANZ BECKENBAUER

(Oktober 2015)

Liebe Menschen da draußen, Fans, Sportsfreunde,
aufgrund der Anschuldigungen gegen Franz Beckenbauer hat er mich gebeten, Ihnen Folgendes mitzuteilen:

____

____

____

____

____

____

Da das aber vielleicht nicht ganz reicht, hier ein paar ergänzende Bemerkungen.

Man wirft Herrn Beckenbauer vor, er spiele eine tragende Rolle in der Finanzaffäre um die WM 2006. Dazu sagt er klar: Nee.

Warum nicht, ist unerheblich. Wer sich noch daran erinnert, wie Herr Beckenbauer mal einem Verkehrsteilnehmer eins aufs Fressbrett gegeben hat, der weiß: Herr Beckenbauer ist der Auffassung, Argumente sind nur was für Leute, die mit Gewalt nicht weiterkommen. Und schwarze Kassen gab's in dem Sinne schon mal gar nicht, denn es wurde überwiesen. Darüber hinaus ist sich Herr Beckenbauer sicher, hier gerade massiv verarscht zu werden. Beispiel: Warum glaubt im Falle der überwiesenen 6,7 Millionen ausgerechnet einer Bescheid zu wissen, der lediglich Zwanziger heißt? Wie albern ist das denn? Und: Die Zahlungszusage war adressiert an den ehemaligen FIFA-Generalsekretär Urs Linsi – und ab diesem Zeitpunkt ist Herr Beckenbauer ganz klar davon ausgegangen, dass gleich Kurt Felix aus der Ecke springt. Beckenbauer sagte wörtlich: »Urs Linsi? Ja gut ... äh ... wer ist denn sein Assistent? Kalle Wirsch?«

Das Schreiben trägt zudem den Titel »Beitrag Kulturprogramm FIFA Fußball-Weltmeisterschaft 2006«, und da ging Herr Beckenbauer endgültig davon aus, das Geld gehe an Oliver Pocher für sein gar nicht mal so gutes Lied »Schwarz und Weiß«.

Und dass sich nun die »Ethik-Kommission der FIFA« damit befasst, hat dann zu geradezu ungebremster Heiterkeit bei Herrn Beckenbauer geführt, weil »Ethik-Kommission der FIFA« klingt wie »Fußpflegesalon Hannibal Lecter« oder »Volkswagen Raumerfrischer«.

Herr Beckenbauer pflegt im Übrigen in der Kommunikation die Tugenden seiner Werbepartner *Post* und *E-Plus*. Also entweder arschlangsam oder gleich Gesprächsabbruch.

Trotzdem räumt Herr Beckenbauer ein, Fehler gemacht zu haben. Konkreter will er nicht werden. Er kennt Sie ja überhaupt nicht. Jedenfalls wurde die WM 2006 nicht gekauft, sondern maximal geliehen. Ist ja immer woanders. Und er lässt ausrichten: Seien Sie doch froh. Das war immerhin das *Sommermärchen*. 'N Märchen war's auf jeden Fall. Und wie Sommer geht, sehen wir dann, wenn 2022 bei 80 Grad im Sand gepöhlt wird.

Bis dahin erzählt Ihnen Herr Beckenbauer auch, wie das alles mit den Millionen wirklich war. So zwei Tage vor Anpfiff. In allen dritten Programmen.

Schönen Abend noch.

THOMAS DE MAIZIÈRE

(April 2015)

Guten Tach,
beste Grüße aus dem Innenministerium. Thomas de Maizière lässt sich entschuldigen. Allerdings bekümmert ihn, dass einige seiner Äußerungen in der Vergangenheit missverstanden wurden. Deswegen ein paar klärende Worte:

1. Als Herr de Maizière mal in einem Interview sagte, ihn, Zitat, »ärgern die rechtsfreien Räume, die einige Ausländer in einigen Bezirken zu schaffen versuchen«, meinte er mit »rechtsfrei« nicht »ohne Nazis«, sondern »ohne Achtung der Gesetze«.

2. Als Herr de Maizière sich im Januar 2015 gegen das Kirchenasyl aussprach, weil eine Kirche nicht über den Einwanderungsgesetzen stehe, und er dann noch die Scharia als Vergleich heranzog, wurde er vom Kölner Weihbischof Ansgar Puff getadelt. Hierzu stellt Herr de Maizière fest: Ansgar Puff ist ein lustiger Name.

3. Wie schon mehrmals erwähnt, ist Herr de Maizière sehr an der Einwanderung qualifizierter Einwanderer interessiert. Allerdings sollten in diesem Falle auch Regeln eingehalten werden: Im Prinzip besteht momentan nur Bedarf an hellhäutigen IT-Spezialisten mit Studium der Germanistik, gern auch aus Ländern, die nicht so weit weg sind. Zum Beispiel Belgien. Gut wäre

es, wenn diese Belgier ihren Wohnsitz in Aachen hätten. Die könnten dann direkt da wohnen bleiben, der IT-Kram geht ja ohnehin gut übers Internet.

4. Thomas de Maizière ist in der Tat ein großer Freund der Zuwanderung. Er ist lediglich dafür, dass Einwanderer aller Art sich vor ihrer Einreise bzw. Flucht mit Grundkenntnissen der deutschen Sprache vertraut machen. Sollte der Fluchtwillige kein Geld für einen Deutschkurs bei der syrischen VHS haben, empfiehlt er, sich stattdessen eine Sprachen-App aufs iPad zu ziehen.

5. Herr de Maizière sagte in Verbindung mit dem Flüchtlingsstrom über den Atlantik: »Die Seenotrettung ist kein Allheilmittel«. Er meinte damit: für Bergsteiger. Für Menschen in Seenot ist Seenothilfe im Prinzip schon gesund.

6. Herr de Maizière war angesichts der vielen ertrunkenen Flüchtlinge betroffen. Jetzt nicht persönlich betroffen, man kennt die ja erst mal gar nicht, aber betroffen. Das hat man so nicht kommen sehen. Gut, das Programm *Mare Nostrum* zur Rettung in Seenot geratener Flüchtlinge wurde eingestellt, weil man sich jetzt nicht vorstellen konnte, dass die dann echt noch zu fliehen versuchen ... aber dafür gab's ja dann das Ersatzprogramm *Triton*. Das war zwar nur eine küstennahe Patrouille, die nix anderes tut als zu kucken, wer's jetzt konkret lebend bis ans Ufer schafft, aber man zeigt wenigstens höfliches Interesse. Und *Triton* klingt so lustig nach Erfrischungsgetränk. Leider war

»Ansgar Puff« als Name zu lang. Hätte auch nicht gepasst, denn der tut immerhin was.

7. Herr de Maizière ging wirklich fest davon aus, dass, wenn niemand mehr gerettet wird, die Schlepperbanden dann auch sagen: »Möönsch, das ist ja jetzt doof. Ja dann muss ich das Gewerbe abmelden. Schade.« Dieses Konzept ist nicht ganz aufgegangen. Herr de Maizière ist auch zornig darüber, dass die Schlepperbanden sehr professionell zu Werke gehen, räumt aber ein, dass die im Gegensatz zur Deutschen Bahn wenigstens fahren, wenn man zahlt.

Zusammengefasst: Thomas de Maizière arbeitet daran, sensibler gegenüber der Verzweiflung zu werden, damit diese Texte, die ich hier als Pressesprecher mache, nicht so bitter sein müssen, denn auch ich schreibe lieber witziges Zeug. Aber manchmal geht's nur so. Trotzdem: Ansgar Puff ist ein wirklich lustiger Name.

RONALD POFALLA

(Januar 2014)

Ich möchte im Namen von Herrn Pofalla den Vorwurf der Vorteilsannahme entschieden zurückweisen. Ja, er möchte als Arbeitnehmer zur Deutschen Bahn wechseln. Und? Wird er das deswegen sofort tun? Kokolores! Politiker dürfen nicht sofort in die Wirtschaft wechseln, und Herr Pofalla kämpft in erster Reihe, wenn es darum geht, eine Karenzzeit einzurichten. Niemand ist da vehementer für eine zeitliche Sperre als Herr Pofalla selbst, da sagt er klar: Karenzzeit! Logisch. Fünf Werktage.

Und Herr Pofalla macht es nicht wegen des Geldes. Das können Sie sich direkt abschminken, das perlt an meinem Mandanten ab wie Margarine an einer Duschkabine. Der kennt sein genaues Gehalt bei der Bahn gar nicht. Interessiert den auch nicht. Das läuft mehr so auf freundschaftlicher Basis – da kam im Bahnvorstand bei einer Forelle Blau in geselliger Runde einmal kurz die Sprache drauf, das war ein Satz, nämlich: »Ich sach mal so, Ronald, alter Wämser – mit über ’ner Million biste auf jeden Fall dabei«, und das hat Herr Pofalla so durchgewunken, und beim Nachtisch war es schon kein Thema mehr.

Und Sie brauchen jetzt nicht zu kreischen: WIE? ÜBER ’NE MILLION? Das müssen Sie doch erst mal durch zwölf teilen, liebe Kritiker, und außerdem braucht Herr Pofalla 300 C & A-Anzüge, für jeden freien Tag einen, und immerhin tut er ja was fürs Geld, denn Herr Pofalla wird noch am ersten Tag seiner Einstellung alle Zugverspätungen für beendet erklären. Deutschlandweit. Für immer. Einfach so.

Herr Pofalla hat es auch grundsätzlich überhaupt nicht eilig, schon gar nicht mit einer ihn ohnehin unterfordernden Stelle im Vorstand der Deutschen Bahn. Man hat sich da früh geeinigt, dass dieser Posten interimsmäßig solange von einer Palette Rinderhack gemacht wird, bis Pofalla so weit ist.

Vielmehr wird er in Ruhe von der Pike auf angelernt, und das trägt bereits Früchte: Demnächst kommt die erste Idee Pofallas auf den Markt: Die BAHNCARD 50 Spezial. Die Fahrt wird dann gar nichts kosten, aber man fliegt auf halber Strecke aus dem Zug.

Und glauben Sie eines: Die Deutsche Bahn hat sich die Personalie vorher gut überlegt, da wurde nicht gesagt, Pofi, olle Keule, komm rüber geeumelt, da gab es vorher -zig Kandidaten für den Job. Fast wäre es der unterbeschäftige Bischof Tebartz van Elst geworden, der Mann hat nämlich was auf dem Kasten, aber im Zuge der üblichen Einsparungen hat die Deutsche Bahn dann doch keine Lust gehabt, jeden Regionalexpress mit Blattgold zu überziehen.

Also sehen Sie bitte endlich ein: Herr Pofalla ist die richtige Wahl fur die Bahn. Er kommt aus einer Branche des Chaos und der Desorientierung. Wohin hätte er sonst gehen sollen?

Und eines noch. Bei allem Gezeter sollten Sie eines nicht vom Schirm verlieren: Ronald Pofalla ist faktisch Deutschlands beliebtester Politiker. So eine Umfrage des ADAC.

Vielen Dank. Und einen schönen Rest vom Tach.

HIER EIN TEXT FÜR DIE heute-show ...

... nachts um drei geschrieben. So wirkt er auch. Ein bisschen manisch. Wir haben ihn dann gekürzt und ratzfatz vor dem Green Screen eingesprochen. Mittags. Danach war ich kurz müde.

MARKENCHECK DEUTSCHLAND

(Oktober 2015)

Freunde der Nacht, das Land steht am Abgrund: Goethe tot, A 40 zu, und jetzt machen wir uns auch noch als Nation zum Honk. Ein Satz, der jedenfalls momentan nicht gut ankommt, ist: »Alter, setz dich in deinen Golf und komm vorbei, wir essen Wurst und kucken Fußball.«

Gut, korrupter Fußball, Killer-Diesel, alles geschenkt. Sack zu, Knüppel drauf. Aber es gibt Skandale, die gehen an die Substanz, an den deutschen Markenkern, an den empfindlichen Nerv unserer bürgerlichen Seelen. Ich meine diese Schlagzeile: WURST ERREGT KREBS!

Hand hoch, wer beim Lesen auch zuerst dachte, die bärtige Conchita hätte versucht, ein Krustentier geil zu machen. Aber die meinen echt: Verarbeitete Wurst macht krank. Kann man das glauben? Dass etwas so universell Gutes wie die deutsche Wurst Krebs erzeugt? Nun, wenn man bedenkt, dass man sich was Totes durch den Darm jagt, das seinerseits in einem Darm steckt ... gruselig. Trotzdem. Diese Studie sagt: »50 Gramm Wurst täglich erhöhen das Darmkrebsrisiko um 18 Prozent«. Was für'n Quatsch! Das hieße dann ja, wenn ich ab Montag massive 150 Gramm Wurst am Tag esse und das Risiko addiere, liegt mein Krebsrisiko dann schon am Donnerstag bei aufgelaufenen 216 Prozent, womit ich eigentlich schon Mittwoch tot wäre, und zwar *vormittags*.

Ich glaube nicht dran. Ich halte Gemüse für viel gefährlicher, schon, weil ich mal auf tiefgefrorenen Erbsen ausgerutscht bin und mir den Arsch zerrte. Wurst hingegen hat etwas Beruhigendes. Schon optisch. Porree sieht aus wie dieser Typ aus der Muppet-Show, hier, MIMIMI, Wurst hingegen wie ... ich.

Hand aufs Herz: Wer erinnert sich nicht, seiner Oma weinend gesagt zu haben: »Großmutter, ich hab so reine Haut, alle in der Schule hänseln mich« - und daraufhin liebevoll handwarme Leberwurst-Umschläge bekam?

Wer weiß es noch, damals? Die erste Scheibe Dauerwurst im Poesiealbum, dazu das Sprüchlein:

Vom Rind der Po,
Vom Schwein der Nacken,
Macht froh,
Und kannste gut von kacken.

Und wer denkt nicht zurück an den Tag, als Oppa von der Schlachtung eine Tüte Fett-Bonbons aus Tierresten mitbrachte? Wie die im Mund zergingen! *Verwerters Echte*.

Und, meine Herren: Wer sagte nicht bei anstehendem Geschlechtsverkehr zu seiner Liebsten: »Sorry, kann jetzt nicht, gleich kommt *King Kong gegen Mechagodzilla*, aber der Kollege hier vertritt mich«, und legte ihr dann sanft eine Salami auf den Nachttisch?

Also: Umarme die Wurst! Sie ist dein Freund. Wenn Sie schon eine Ernährungswarnung brauchen, dann diese: Vermeiden Sie viereckige Lebensmittel aus Beton! Aber essen Sie Wurst! Bleiben Sie am Ball! Denn: Die Wurst darf nicht sterben!

Also ... Nicht noch mal.

Sie verstehen.

Danke.

DIESER TEXT HIER …

… war für eine Sendung namens BAUSTELLE DEUTSCHLAND. Ich schrieb ihn zum Großteil während der Sendung. Klingt entspannter, als es war, kam dann aber ganz gut an.

DAS RUHRGEBIET

(Oktober 2014)

Zuerst einmal: Das Ruhrgebiet ist schön. Die Menschen hier sind offen. Die Luft genügt höchsten Ansprüchen. Ich wünschte, man würde unter diesen Satz klassische Musik legen. Macht aber keiner. Das Ruhrgebiet ist aber wirklich schön. Knapp 50 Prozent besteht aus Grünflächen. Herrlich. Sicher – wenn man mal aus dem Gebüsch raus muss, um das Handy aufzuladen oder Miete abzuwohnen, wird es optisch natürlich eng, aber die Grünflächen als solche sind ein Knaller. Also ich lebe gern hier. Und wie gesagt: Die Luft ist gut. Jetzt nicht zum Atmen, aber so im Fahrradreifen. Aufpumptechnisch gesehen müssen wir uns hinter dem Breisgau nicht verstecken. Shabby-chic-Städte wie Freiburg werden ohnehin überschätzt. Gut, einerseits hat Freiburg sich nicht neu verschuldet in letzter Zeit, andererseits liegt da überall dieses bekloppte Kopfsteinpflaster. Wenn Sie jemals mit dem Rollkoffer durch die Freiburger Innenstadt mussten, wissen Sie: Vorher alles ordentlich packen bringt nix. Chaos im Gepäck, und die mitgebrachten 15 Flaschen Pils schäumen wie Sau. Es ist also nicht alles Gold, was glänzt.

Das bringt uns direkt zu Oberhausen. Oberhausen, auch das »Detroit des Ruhrgebiets« genannt, ist die am derbsten verschuldete Stadt des Reviers. So weit, so schade. Wobei es allerdings eine Unverschämtheit ist, von »Pro-Kopf«-Verschuldung zu sprechen. Man sagt das ja so: Die Pro-Kopf-Verschuldung Oberhausens liegt bei 8000 Euro. Warum ist der Oberhausener plötzlich persönlich verschuldet? Was ist das für ein dummes Anschauungsmodell? Das macht man nicht. Wenn ich meinen Dispo um 1000 Euro überziehe, latsche ich ja auch nicht in meine Bank, weise mit dem Finger auf die 27 Angestellten und brülle: »Die Pro-Kopf Verschuldung dieser Filiale liegt bei 37 Euro und drei Cent!« Man sollte Formulierungsalternativen finden: Die Verschuldung pro Rauhaardackel liegt bei 30000 Euro. Oder: Die Verschuldung pro Baum liegt bei 79 Cent. Oder man sollte vielleicht wenigstens die Pro-Kopf-Summe ausschließlich auf erwiesene Idioten anwenden: Die Pro-Kopf-Verschuldung von Schwachmaten, die mit runtergekurbelter Scheibe und aufgedrehtem Radio mit Kirmes-Techno an der Eisdiele vorbeiknüppeln, liegt bei 27.000 Euro. Das klingt vernünftig. Aber andersherum ... selbst wenn wir hier im Ruhrgebiet ein Monsterminus haben: Was sollen wir denn tun? Mehr als Steuern zahlen geht nicht. Und ich zahle sogar Kirchensteuer, und zwar ohne, dass mir ein Pastor schon mal die Einfahrt gekärchert hat. Mach ich einfach.

Manchmal ist es vielleicht auch einfach nötig, Schulden zu machen. Viele Menschen verschulden sich im Privaten ja auch durchaus mit Sinn und Verstand - wenn Sie zum Beispiel einen besonders flachen Fernseher kaufen. Dafür fliegt ja das kühlschrankgroße Röhrengerät raus, und durch den gewonnenen Platz kann man die Omma aus dem Heim holen und zu sich nehmen. Theoretisch. Praktisch sieht man einfach in neuester Full-HD-Schärfe, dass im Prinzip immer noch nur Scheiße läuft, und das war's dann. Aber der Gedanke zählt.

Gott sei Dank sieht man den Gemeinden ihre Schulden meist nicht an. Wenn man in Oberhausen auf dem Gasometer steht, blickt man hinab auf das Grün, die Autobahn, auf das Leben an sich. Ich sehe weder Kopf noch Verschuldung. Nur das, was das Ruhrgebiet ausmacht. So heißt es nämlich korrekt: RUHRGEBIET. Nicht Ruhrpott. Im Pott wohnt man nicht, auf'n Pott geht man. Wir mögen keine Klischees. Wir sind ein selbstbewusster Menschenschlag. Mit Tradition. Gut, wir haben keine folkloristischen Tänze, mal abgesehen vom Disco-Fox, und der ist jetzt nicht sonderlich alt. Wir sind auch nicht übertrieben stolz auf irgendwas oder stellen uns wie die Bayern hin und sagen: MIA SAN MIA. Was soll das? Wir sind ohnehin wir. Wer soll ich denn sonst sein? Mein Nachbar?

Wir sind hier, die seltsame Pro-Kopf-Verschuldung schwebt über unseren Schädeln, und doch leben wir. Nicht mit Blattgold am Kirchendach und ohne Horden fotografierender Japaner wie in Heidelberg, obwohl das sicher schön wäre, wenn der Asiate das Ruhrgebiet entdeckt und aus reinem Fanatismus Bottrop in Japan nachbaut. Was er gar nicht müsste. Er könnte das Original-Bottrop haben. Kleiner Scherz. Muss drin sein. Wissen Sie, ich würde Ihnen gern sagen, wie Dortmund, Oberhausen und alle anderen Städte von ihrem Schuldenbatzen runterkommen ... aber ich weiß es nicht. Ich glaube, es ist wichtig, dass in KITAS nicht nur Dreijährige, sondern auch ein paar geschulte Erwachsene rumkrabbeln, und ich glaube, unsere Städte sauber und halbwegs sicher zu halten, muss auch sein. Wäre zumindest prima. Ich meine, was willste machen? Vielleicht sollten wir die A40 mit Spielsand zuschütten und uns unseren eigenen Jakobsweg bauen. Wir könnten Eintritt nehmen. Und schneller voran käme man auch. Echt jetzt: Wir sind hier, gehen arbeiten oder suchen Arbeit, oder wir sind Kinder, machen also welche, oder alt, also schon fertig. Wir haben Haustiere, Biberbettwäsche, eine Din-A4-große Schrebergartenparzelle oder einen kleinen Balkon oder nichts. Und wir haben Schulden. Trotzdem gehen wir aufrecht. Klar: Ich zahle seit Jahrtausenden Steuern, von Rechts wegen gehört mir rechnerisch ein kleines Stück der A2, und nur zu gern würde ich dieses Teilstück von morgens bis abends abfahren, ein Megafon aus dem Autofenster halten und die anderen Fahrer anbrüllen: VERLASSEN SIE SOFORT MEIN GRUNDSTÜCK! Aber mir gehört nix. Ich bin einfach nur hier. Hier gehöre ich hin. Ich merke das allein daran, dass ich in anderen Bundesländern bereits nach vier Stunden Aufenthalt unangenehm auffalle. Alles klar: Dann sind wir eben pro Kopf verschuldet. Ich und Du. Und Müllers Kuh. Wir kommen drüber weg. Das hier ist das Ruhrgebiet. Currywurst, Westfalenpark, Ebert-Bad, Krupp, Grün, Schwarz-Gelb, Blau-Weiß, Grönemeyer, funktionierende Flughäfen, normale Leute ... und eben auch Schulden. Ein Riesendeckel. Und genau auf DIESEN RIESENDECKEL möchte ich jetzt ein Pils.

DREIEINHALB DANKESREDEN

DANKE 1

Danke für den ganzen Blödsinn, der laufend auf mich einprasselt und dafür sorgt, dass ich mich wie ein Querulant fühle.

Neulich musste ich zu einer Hochzeit von Freunden. Und davor ein paar Dinge erledigen. Allerdings hatte ich nicht damit gerechnet, dass viele Menschen in Service- und Einzelhandelsberufen nicht einfach was verkaufen oder dienstleisten wollen. Sie wollen demütigen.

Als ich meinen schwarzen Anzug in die Reinigung bringe, halte ich vorher noch einmal am Schaufenster an. In jedem Schaufenster von Reinigungen sind Kleiderständer anzutreffen, vollgepackt mit Plünnen, die schon gereinigt waren, aber aus gutem Grund nie abgeholt wurden. Grund genug für die Reinigung, sie zum Verkauf anzubieten.

Manche dieser Kleidungsstücke sind derartig abstoßend, dass man nur nach und nach die Augen öffnen kann, wenn man die Sachen betrachten möchte – also im Prinzip nach Hans Rosenthals Dalli-Klick-Spiel.

Jedenfalls führte dies zur Erfindung eines neuen Spiels, das angetrunken und des Nachts vor Reinigungsschaufenstern gespielt wird. Zweierteams, Spucke auf der Scheibe, absolute Konzentration. Das geht so.

Uwe: »Sag was zur Breitcordhose, zweite von links.«

Ich: »Besitzer tot. Hat sich mit letzter Kraft in die Reinigung geschleppt, damit das gute Stück nicht bei der Haushaltsauflösung unter die Räder kommt. Die Bluse mit den Puffärmeln?«

Uwe: »Besitzerin schizophren. Hat in dem Ding versucht, eine Krankenkasse auszurauben und war mit acht Euro auf der Flucht. Hat von dem Geld die verdächtige Kleidung hier untergebracht und sich auf dem Weg nach Hause in zwei weitere Persönlichkeiten gespalten, nämlich in eine Autoscooter-Ansagerin und Zorro. Verbleib entweder in Castrop auf der Kirmes oder im Spanischen Hinterland.«

Ich: »Die beschissene Latzhose mit dem Status-Quo-Aufnäher?«

Uwe: »Ist meine. Muss ich bald mal auslösen.«

Darum geht's jetzt aber nicht. Sondern um das geschriebene Wort auf der Scheibe. EXPRESS-REINIGUNG – HEUTE GEBRACHT, MORGEN FERTIG steht da.

Als ich meinen Mantel abgab und fragte, ob es noch etwas schneller gehe, sagte der Zwangscharakter hinter dem Tresen:

»Sicher. Reicht Ihnen übernächste Woche Donnerstag?«

»Warum so kurzfristig?« Die Frage ätzte eine Minute nutzlos im Raum herum. »Da draußen steht EXPRESS-REINIGUNG – HEUTE GEBRACHT und so«, sagte ich schließlich.

»Ja, klar«, sagte der Mann, »aber bestimmt nicht unter der Woche!«

Das erklärte alles, wie ich fand, und es war immer noch besser als mein völlig zerrütteter Schuster, der in seinem

10-Quadratmeter-Atelier laufend Schuhe verlor, falsch rausgab oder einfach zu reparieren vergaß. Als er versuchte, mir für meine Biker-Boots blaue Riemchenschuhe in 37 unterzujubeln, rastete ich aus, aber seine Entschuldigung versöhnte mich. »Ich mach das hier gar nicht. Der Laden gehört meinem Schwiegersohn, schon seit 81. Ich schick alle Schuhe ein, und die kommen dann ohne meine Notizen dran zurück.«

»Also sind Sie gar kein Schuster?«

»Steht doch auf dem Schild.«

»Antworten Sie nur mit Ja oder Nein.«

»Ich schicke die ein.«

»Sind Sie Schuster?«

»Ich schicke die ein.«

Ich stellte einen formellen Nachforschungsantrag und bekam beim Verlassen des Ateliers mit, wie er Gummistiefel herausgeb, unter die der Heilige Geist Lederabsätze montiert hatte.

Ob man bei der Großbäckerei Kamps auch Krebsvorsorge machen kann, und die schicken das ein?

Danke auch an meinen Friseur für seinen völligen Mangel an Humor.

Als ich auf seinem Pumpstuhl hocke, fragte er:

»Soll ich das stufig schneiden?«

»Quatsch«, sagte ich, »machen Sie es so, dass meine Frisur anschließend aussieht wie ein Stahlhelm der deutschen Wehrmacht.«

»Okay«, sagte er und hängte mir den Umhang um.

»Natürlich stufig«, sagte ich. »Das war Ironie.«

»Ironie ist unterm Bügeleisen«, gab er kalt zurück.

»Das ist Teflon.«

»Ach was.«

»Ja. Nun ... Hauptsache, Sie schneiden nicht so, dass ich im Anschluss wie der KLEINE PRINZ aussehe.«

»Wer soll das denn sein?«, fragte mein Friseur.

»Sie wissen schon. Man sieht nur mit dem Herzen gut, das Wesentliche ist für die Augen unsichtbar.«

»So ein Unfug. Wenn die Augen nicht mehr mitspielen, braucht man auf innere Organe gar nicht zu zählen.«

Da er eine Schere in der Hand hielt, widersprach ich nicht.

Da meine Reinigung nicht in der Lage war, vor der nächsten Währungsreform meinen Anzug zu reinigen, versuchte ich einen zu kaufen und suchte Karstadt auf. Der Verkäufer war ganz Ohr.

»Ich hätte gern einen Anzug, Wolle, wenn's geht.«

»SCHURwolle?«, fragte der Verkäufer mit so sonderbarer Betonung, dass ich mich genötigt sah zu antworten:

»Nicht zwingend. Haben Sie auch Anzüge aus Wolle, die den kreischenden Schafen vom Leib gerissen worden ist?«

»Es gibt noch andere Wolle«, gab er ungerührt zurück.

»Aber Schafe werden doch geschoren, oder?«

»Es hätte ja auch was aus Kunstfaser sein können.«

»Gibt's denn Kunstwolle?«

»Ja«, sagt er. »Acryl.«

»Acryl«, sagte ich, »wurde beim Bau der Spaceshuttles verwendet. Tonnenweise. Aber kein einziger Kommentator hat beim Start so was gesagt wie ›Hui, da geht er hin, der Wollflieger.‹«

Wir verzettelten uns in einem Disput über Materialmischungen, dann war es fünf vor acht, und von da an tat er so, als hätte er mich noch nie gesehen.

Zu guter Letzt musste ich noch eine Matratze kaufen, und ich hatte nicht vor, ein Monatsgehalt für etwas rauszuschießen, das ich jede Nacht vollschwitze.

Dieser Verkäufer war der Beste; ein Prachtexemplar. Meine Einwände schmierten an ihm ab, als wäre er aus Lavendelseife geschnitzt.

»Was ist Ihre billigste Matratze?«

»Was«, fragte er, »haben Sie denn vor damit?«

»Für den Anfang: drauf schlafen.«

»Dann liegt die Einstiegspreisklasse bei 298 Euro.«

Direkt hinter ihm waren Rollmatratzen aufgeschichtet, das Stück zu 88 Euro.

»Was ist mit denen? Sind die nur geeignet, um sie an die Wände des Partykellers zu nageln?«

»Die«, sagte der Verkäufer, »hat eine Füllung aus Schaumgummi.« Er betonte es, als sei Schaumgummi mit Schweineinnereien zu vergleichen.

»Das ist weich«, gab ich zu bedenken.

»Das ist weich, ja. Und minderwertig. Und nimmt kaum Flüssigkeit auf. Und liegt sich ratzfatz durch. Und ist unansehnlich. Und billig.«

»Das ist der springende Punkt, oder?«

Er nickte.

»Wer kauft denn so was?« hakte ich nach.

Er zuckte mit den Schultern. »Hab noch nie eine verkauft.«

»Also, was ist die nächst teure ... so kurz nach 88 Euro?«

»298« sagte er.

»Ich«, schrie ich, »will aber keine Matratze mit einer Füllung aus dem Schamhaar von Jungfrauen, und ich will auch nicht, dass jeder nächtliche Furz von dem Ding aufgezeichnet und in MP3 umgewandelt wird, oder was das überteuerte Scheißding kann. ICH WILL LIEGEN.«

Wir wurden uns nicht einig. Anzug dreckig, Schuhe nicht da, neuer Anzug hätte die Lämmer nicht zum Schweigen gebracht, und ich penn jetzt direkt auf dem Rost. Ich schließe den Beweisvortrag.

DANKE 2

(Juni 2014)

Ich möchte noch einmal Danke sagen. Letztes Jahr gewann ich den *Prix Pantheon* in der Rubrik *Internet-Opfer*, und seitdem hat sich einiges getan. Vorher war ich ein Vorleser mit Mütze, irgendwo angesiedelt zwischen Ballon-Zauberer und Gurkenhobel-Verkäufer, nun hingegen ...: Überholspur hoch 17. Im Ernst. Hat mir viel gebracht.

Wir sind wieder wer. Mit WIR meine ich ICH. Mit WER auch. Sie verstehen. Wenn nicht, nicht. Jedenfalls sind seit der Verleihung des *Prix Pantheon* viele bemerkenswerte Dinge passiert.

Ich zähle mal meine Highlights auf. Ist alles wahr.

1. Es kommen mehr Leute zu meinen Veranstaltungen. Sogar solche, die gar nicht hinwollen.
   Letzten November in Bonn hatte ich einen Herrn, der eigentlich auf einen Flamenco-Abend wollte, und ich konnte ihm eine Stunde dabei zusehen, wie er dachte: »Wann fängt der Affe da an zu tanzen?« Da ich wusste, dass er in der falschen Show hockte, machte ich alle paar Minuten ein paar bizarre Ausfallschritte oder brüllte OLÉ, um ihn bei der Stange zu halten. Es war trotzdem schön.

2. Ich komme auch mal ins Ausland. In der Schweiz spielte ich sogar vor 400 Leuten, die es mühelos schafften, nicht einmal zu lachen. Ein lehrreicher Abend, so wie es lehrreich ist, sich die Beine mit einer Kreissäge zu

enthaaren. Als ich danach eine Zigarette aus meiner vor Ort angeschafften Neun-Euro-Schachtel paffte, kam eine Dame zu mir und sagte: »Ich habe mich lange nicht mehr so gut amüsiert.« Ich überlege noch heute, ob es Regionen in der Schweiz gibt, in denen Lachen den gleichen Stellenwert hat wie Furzen auf einer Beerdigung. Trotzdem: Die Schweiz ist wunderschön. Vielleicht kostet dort Atmen bald vier Rappen pro Minute, aber die Gegend: top!

3. Ich bin im Ruhrgebiet ziemlich bekannt geworden. Im Centro in Oberhausen griff mich ein älterer Herr am Arm und sagte ziemlich laut:
   »ICH KOMM NICHT AUF IHREN VORNAMEN!«
   »Das tut mir jetzt leid«, sagte ich.
   »Ich kenn Sie«, sagte er, »Sie spielen immer bei dieser Sendung mit ... hier ... DIE ANSTALT. Wie oft waren Sie da schon?«
   Ich überlegte kurz. »Den Juni 2014 mit eingerechnet – noch nie.«
   Er blickte mich an. Dann schrie er: »JÜRGEN! Sie heißen Jürgen!«
   Ich ging sehr langsam weg.
   Er schrie weiter: »JÜRGEN! ICH VERGESSE NIX! HA! JÜRGEN!«
   Ich sprang in eine PIMKIE-Filiale und probierte solange Leggins an, bis er weg war. Das Ruhrgebiet. Liebe.

4. Wo wir gerade von Vornamen reden: In Niederbayern betrat ich einmal nach dem Auftritt meine Pension und wandte mich an meine Zimmerwirtin. Nachdem ich den Schlüssel erhalten hatte, fragte ich:

»Wie sieht's denn mit WLAN aus?«
Die Zimmerwirtin sagte: »Weiß net ... wie heißt der denn mit Vornamen?«
»Günter, sagte ich, »Günter WLAN. Aber lassense mal, ich checke das morgen selbst ...«
Als ich die Stiegen zu meiner Kemenate erklommen hatte, stellte ich allerdings fest: Hier hätte gar kein WLAN reingepasst.

5. Weil ich jetzt viel rumkomme, treffe ich auch mehr Kollegen. Vor allem solche, die es sich nicht ganz so leicht machen wie unsereins. Auf einer Messe schloss ich Bekanntschaft mit einem sogenannten Walking Act, also einem aufwändig verkleideten Menschen, der Events optisch und darstellerisch bereichert.
Jener Kollege agierte als vier Meter hoher Stelzengänger ohne Gesicht und in wabernden Lumpen, immer kurz davor, auf die Fresse zu fallen. Keine Ahnung, was er exakt darstellen wollte. Aber ich kann mir schon vorstellen, dass der recht oft gebucht wird, für Firmen-Events und so:
»Ja, willkommen noch mal bei unserer Neueröffnung der vierten FIELMANN-Filiale in Wipperfürth. Aber nun: Die strauchelnde Beulenpest auf Stelzen.«
Allgemeines Gekreische dann. Nur eine einzelne Dame ruft: »Ich seh den ganz verschwommen.«
Ich wünsche diesem Kollegen von Herzen das Beste. Allen Kollegen. Ihr inspiriert mich. Danke.

Der *Prix Pantheon* hat mich zu einem besseren Menschen gemacht. Das kann man ohne Übertreibung sagen. Ich bin gewissenhafter geworden. Ganz oft ruft mich meine

Agentin an, um zu fragen, ob ich schon am Veranstaltungsort bin, und ich kann auch oft sagen: »Natürlich, Agentin.« Anstatt: »Scheiße, das war heute? Krass.«

Ich beantworte auch grundsätzlich die meisten E-Mails, die mich erreichen. Selbst Spam. Echt. Wenn ich so was kriege wie »WIR VERGRÖSSERN DEINEN PENIS« antworte ich stets mit »Generell gerne, aber wo soll das noch hinführen?«

EXTRADANK

Und an dieser Stelle auch mal ein aufrichtiges Danke an die Dame aus dieser Reinigung in der Nähe von München. Ich betrat ihr Geschäft, um mir ein Hemd bügeln zu lassen. Im Hotel gab's kein Bügeleisen. Ich zog mein Hemd aus meiner Umhänge-Tasche und legte es auf den Verkaufstresen.

Ich: »Könnten Sie mir das bitte bügeln? Ich muss gleich in Ihrer schönen Stadthalle auftreten.«

Sie: »Also, das kriege ich nie wieder glatt!«

Ich:» Sieht nur in dem Licht hier aus wie Holz. Ist Baumwolle.«

Sie: »WENN SIE DAS SO TRANSPORTIEREN, WIRD DAS NIE MEHR GLATT!«

Ich: »Ja ... normal laminiere ich meine Wäsche immer ein ... ging diesmal nicht ...«

Dann starrten wir beide eine Minute stumm auf mein wie tot daliegendes Hemd.

Sie: »Also, so krieg ich das nicht glatt.«

Ich:» Ja ... ich hab's auch schon mit Draufglotzen versucht .... Haben Sie vielleicht ... ein Bügeleisen?«

Hat mich dann acht Euro gekostet. Eine Frechheit. Und ohne den Gewinn des *Prix Pantheon* hätte ich mir das kaum leisten können. Aber so ging's dann. Also, Sie da draußen: mit ganz viel Liebe und von Herzen .... DANKE noch mal.

DANKE 3

(Juni 2015)

Liebe Menschen,
ich möchte mich nach 2013 und 2014 ein drittes Mal dafür bedanken, dass ich den *Prix Pantheon* in der Internet-Rubrik gewonnen habe. Meine Agentin verschickt derartig häufig das Tier unter der Mütze, also mich, dass ich schon gar nicht mehr weiß, wie richtige Arbeit geht. Ich komme rum. Das ist toll!

Denjenigen, die jetzt erstmals gewonnen haben, dürfte noch gar nicht klar sein, dass ihr Leben sich ab sofort dramatisch verändern wird. Ich treffe mit anwachsendem Erfolg immer häufiger auf Menschen, die zu weinen beginnen, wenn sie mich sehen. Das berührt mich immer, liegt aber hauptsächlich daran, dass ich es jetzt meist etwas eiliger habe und deswegen häufig versuche, meinen Rollkoffer von Gleis 8 auf Gleis 12 zu werfen, damit ich mit dem Teil nicht dauernd über die Treppen muss. Oft ist da wer im Weg. Und die weinen dann.

Im Frühjahr 2015 kam Zugfahren allerdings nicht infrage. Dank Herrn Claus Weselsky, diesem aufrechten Mann, konnte ich die eher reizarme Route Leipzig-Dortmund mit den Augen Marco Polos betrachten. Wie aufregend die Rückreise war! Die erste Etappe bewältigte ich mittels Taxi, um eine Frau zu treffen, die eine Mitfahrgelegenheit anbot. Die Dame war sehr nett, aber das war keine Kunst, denn es gab nur zwei Mitnahmemöglichkeiten, und bei der anderen Offerte wurden als Mitfahrer »feministische, anti-imperialistische Lesben« bevorzugt.

Nun finde ich Frauen auch gut, hatte aber so eine Ahnung, dass es am Ende vielleicht nicht reichen würde.

Wir fuhren dann mit 75 km/h Richtung Hannover und hörten dabei angenehm laut das Gesamtwerk von David Guetta – das ist ein Mann, der seine Alben im Wesentlichen mit einem Pürierstab verwirklicht.

Jedes Mal, wenn ich die Dame fragen wollte, wo konkret in Hannover sie mich rauszulassen gedenke, drehte sie die Musik leise, sagte: »Wir kucken mal«, und drehte die Musik dann lauter als vorher. Nach der vierten Nachfrage spritzte mir Blut aus den Ohren. Ich bettelte sie an, mich an irgendeinem Rastplatz rauszulassen, was sie tat: 40 km vor Hannover. Von dort versuchte ich zu trampen. Mit Rollkoffer. Und Mütze auf. Es begann zu regnen.

Die Mütze ist ja im Prinzip mein Markenzeichen, und ich ahne, dass es Menschen geben muss, die sagen: »Da! Mütze! Sträter!« Nicht auf diesem Rastplatz. Die Leute fuhren auf mich zu, wurden langsamer, bekreuzigten sich und gaben wieder Gas. Irgendwann nahm ich die Mütze ab. Sofort hielt ein Wagen. Der Fahrer sagte: »Komm rein, Oppa, du wirst ja ganz nass.« Er brachte mich nach Hannover.

Dort fuhr ein Ersatzzug. Für die Strecke Hannover Dortmund wurde 1 Stunde 37 annonciert. Dies war allerdings ein von Schamanen in Hühnerblut gewürfelter Schätzwert. Auch wurde die Strecke an sich kreativ ausgestaltet. Ich passierte das Sauerland, Münster, das Bernsteinzimmer, Fort Fun, die Quellen von Pamukkale und Hamm, während uns Rentner zu Fuß überholten.

Immerhin gab's ein Bordrestaurant. Und noch einen freien Platz im ansonsten rappelvollen Zug. Ich bestellte einen Kaffee. Der Kaffee kam.

Eine Minute später betrat eine ältere Frau das Restaurant, sah sich um, erblickte mich und sagte laut: »Ich möchte da sitzen. Sie trinken nur Kaffee! Ich werde etwas essen! Das ist mehr Umsatz für's Bordrestaurant, also stehen Sie auf.«

»Nee«, sagte ich.

Die Frau wandte sich an den Kellner: »Der da trinkt nur Kaffee, damit er einen Sitzplatz hat! Wenn ich mehr verzehre, darf ich da sitzen, richtig?«

Der Kellner blickte starr geradeaus. Das schien der Frau zu reichen.

»Ich nehme«, sie blickte im Stehen auf die Karte, »die Maultaschen!«

Dann starrte sie mich triumphierend an.

»Ich nehme zweimal die Maultaschen«, meinte ich.

»Dann nehme ich sie dreimal. Dreimal Maultaschen, bitte!«

Der Kellner notierte.

»Viermal Maultaschen«, sagte ich, »und einmal Chili con Carne. Und 'ne Cola!«

»Fünfmal die Maultaschen bitte!« Sie schrie nun fast. »Und den Sauerbraten! Und zwei Cola!«

»Achtmal Maultaschen! Fünf Cola. Drei Belgische Waffeln! Zweimal Chili.«

Der Kellner sah die Frau an. »Achtmal Maultaschen und Chili, jemand mehr als achtmal Maultaschen und Chili, die Dame?«

»Zehn!« kreischte sie. »Zehnmal die Maultaschen und zwanzig Belgische Waffeln und acht Cola!«

»Ich bin raus«, sagte ich. »Kann ich zahlen?«

»Ein Kaffee, das macht zweiachtzig«, sagte der Kellner.

Dann wandte er sich an die Frau. »Ihre Bestellung dauert ’n Moment.«

»Sie können nicht aussteigen!« kreischte sie.

»Doch. In Dortmund. Endlich zu Hause. Guten Appetit.«

TEXTE FÜR
Nuhr im Ersten

FLÜCHTLINGSGESETZ

(September 2015)

Die Regierung strickt im Stillen am dringend erforderlichen, brandneuen Flüchtlingsgesetz. Ich hab's bereits fertig. Nice.

§ 1

Sämtliche Politiker hören umgehend auf, irgendwelche Deppen-Phrasen aus dem Zettelkasten zu ziehen. Folgende Formulierungen dürfen nicht mehr benutzt werden:

»Ich kritisiere aufs Schärfste«, »Mit Bestürzung habe ich zur Kenntnis genommen«, »Wir sind auf einem guten Weg«, »... einem langen Weg« oder irgendeinem Weg, »Ich verurteile dies vehement« und passive Formulierungen wie »Dies kann und darf nicht geduldet werden«. Ersetzt werden diese Phrasen durch zwei Aussagen, nämlich:

1. »Sportsfreunde, die Kacke ist am Dampfen.«
2. »Läuft doch so halb.«

Alles andere ist Glückskeks-Wichs.

§ 2

Wer sich zur Clique jener Schwachmaten zählt, die meinen, ein Flüchtlingsheim anzuzünden zeuge von Menschenverstand und Umsicht, dem sei hiermit verkündet: Wenn die Unterkunft brennt, gehst du in Haft, und der Flüchtling darf automatisch in deine Wohnung ziehen.

§ 2.1

Und deinen gekachelten Wohnzimmertisch musst du mit ins Gefängnis nehmen.

§ 3

Du Opfer.

§ 4

Keine Angst, Herrschaften! Vor niemandem. Auch nicht vor der Kanzlerin. Die tut nix!

§ 5

Im Ruhrgebiet habe ich Aufkleber an Stromkästen gesehen, wonach aus dem Nahen Osten stammende Flüchtlinge NRW verlassen sollten.

Dazu sei angemerkt:

1. Nein.
2. Syrisch schreibt man nicht mit Ü.
3. Asylant auch nicht.

§ 6

Das wird alles nicht billig, Freunde. Aber wenn dich das stört, stell dir einfach vor, es gäbe keinen halb fertigen Berliner Flughafen, und zack, schon geht's wieder.

§ 7

Da steht ein Pferd auf dem Flur, ja ja, ein Pferd auf dem Flur!

§ 8

Wir halten fest: Paragraf 7 ist noch nicht ganz ausgereift.

§ 9

Die neue Definition von INTEGRATION lautet: miteinander klarkommen.

Die alte Definition, nämlich Joghurtfolie und Becher getrennt zu entsorgen, entfällt – außerdem ist es ab sofort verboten, den Polohemdkragen hochzuklappen und die Dominikanische Republik mit DOMREP abzukürzen, als hätte man nicht genug Luft für den vollständigen Namen.

§ 10

Der von der Presse gern genutzte Begriff FREMDENHASS ist dummes Zeug. Das Wort gibt's nicht. Was soll das sein? Das Gegenteil von Bekanntenliebe? Ich würde ja verstehen, wenn man jetzt um Mitternacht, sagenwirmal im Pazifik, und zwar so zur Mitte hin, dafür aber in 180 Metern Tiefe, wenn man da so völlig unangemeldet einen recht kapitalen Tigerhai trifft, dass man da dann sagt, holla, der hat Hunger, was geht ab, und wenn man sich dann eingesteht, ja nun, das Tier kenne ich ja mal gar nicht, woher auch, egal wie besoffen ich schon war, ich habe meinen Lebtag noch mit keinem Hai gekegelt, und dass einem DIESE Situation dann etwas fremd vorkommt, das geht dann auch erst mal klar. Aber selbst dann, im Angesicht des doch recht Fremden, weil Fisch, ist Hass unangebracht.

Denn selbst die Nummer mit dem Hai fällt weniger unter Bedrohung als unter Begegnung. Und jetzt stell dir mal vor, du triffst Menschen.

Also: FREMDENHASS ist nichts weiter als ein schwabbeliges Begriffs-Geschiss.

Der korrekte Begriff lautet RASSISMUS.

§ 11

Aufgrund neuester wissenschaftlicher Erkenntnisse ist Rassismus allerdings überflüssig geworden. Experimente haben nämlich ergeben: Ein brauner Porsche ist genauso schnell wie ein weißer. Die Außenfarbe spielt keine Rolle. Wir sind alle quasi baugleich.

§ 12

Darum: Sei kein Arschloch. Wenn's geht. Wenn nicht: auch.

§ 13

Denn jetzt mal ernsthaft: Wenn ein Flüchtling in deine Gemeinde kommt, gehst du einfach mal hin und sagst Guten Tag. Sei freundlich, denn eins ist klar: Wer unter Einsatz seines Lebens nach Deutschland flieht, also ins Land von Flurwoche, Anfahrtspauschale und *Draußen nur Kännchen*, hat's auch nötig.

DIE REGELN

(April 2015)

Die Slam-Poetin Julia Engelmann hat vor einiger Zeit einen wunderbaren Text geschrieben. Große Lyrik.

Der erste Satz lautet allerdings: »Eines Tages, Baby, werden wir alt sein«.

Mein erster Gedanke war: Also mich meint die jetzt nicht mit »eines Tages«. Ich bin bereits gut durch. Als ich klein war, hatten wir Raptoren im Garten. Und mit klein meine ich 35. Ich hatte in dem Sinn keine Kindheit. Es gab einfach 'n paar blaue Blitze, und zack wurde ich wie der Terminator nackt in eine Gasse in Bochum Wattenscheid gerotzt. Aufgestanden, Moped geklaut, fertig. Das war zehn Minuten nach dem Urknall. Totales Chaos, aber für Wattenscheid hat's gereicht.

Wir hatten damals auch keine Smartphones, nur einen Stein, mit dem man dem anderen einen Morse-Code vor die Rübe drosch. Viermal kurz, kurz-lang, kurz-lang-zweimal-kurz – lange, bevor man das Wort »Hallo« fertig hatte, war der Andere tot.

Und was Sex war, wusste damals niemand, das fand man so aus Versehen raus, wenn es bei 'ner Prügelei im Schritt brannte und man dachte: »Huch. Was das denn?«

Waren harte Zeiten.

Und nun frage ich mich natürlich: Was kann *ich* jungen Menschen mitgeben? Ich, der ich so lyrisch bin wie der BOFROST-Mann?

Nur diese acht Regeln:

1. Sorge dich nicht, lebe. Dann stirb. Dann sorge dich auch nicht. Vorher aber auch nicht. Gar nicht.
   Denn:

2. Das Leben ist kurz, vor allem hinten. Deswegen: Sieh dir keine schlechten Filme an. Nur die drei guten, die da lauten: *Karatetiger 2, Täglich grüßt das Murmeltier* und *Im Land der Raketenwürmer.*

3. Kleide dich deinem Alter entsprechend. Alt werden ist nicht schlimm. Ich möchte nur nicht eines Morgens aufwachen und eine Cordhose anhaben. Dann häng ich mich auf. Ich trage zerrissene Jeans auch nicht, weil's cool ist, sondern weil sie zu meinem Gesicht passen.

4. Vergiss Pornos. Alles Beschiss: In Pornofilmen werden Körperflüssigkeiten häufig ersetzt. Zum Beispiel durch Kondensmilch. Das ist legal. Andersherum bleibt es aber verboten, im EDEKA in Bärenmarke-Dosen zu onanieren.

5. Wichtig: PEDIKÜRE! Wenn ich nicht alle drei Wochen zur Fußpflege gehe, bin ich wenige Tage später in der Lage, mit nackten Füßen Nischen in Rigips-Wände zu sägen. Ich habe erst spät mit der Fußpflege angefangen. Lange Jahre dachte ich, ich hätte Schuhgröße 46 – bis ich bei der Fußpflege war, die mich mithilfe der Firma Black & Decker auf 42 runterstufte.

6. Du musst ein Haus bauen, einen Baum pflanzen und ein Kind zeugen. Tipp: Bau das Haus aus Holz und spar dir den Baum. Ist das Haus aus Holz, ist das nachhaltig.

Ist das gezeugte Kind aus Holz, nenn es Pinocchio. Versuch aber nicht, mit einem Baum ein Kind zu zeugen, so viel Wund- und Heilsalbe gibt's gar nicht.

7. Treib Sport und ernähre dich gut. Ich selbst mache seit vier Monaten Yoga – und kann bereits die Figur »Stehender älterer Herr.« Aber versuch nicht, vegetarisch zu grillen. Der Spinat fällt immer durch den Rost. Und riskier mal was: Wenn du bei einer Verkehrskontrolle gefragt wirst: »Wissen Sie, warum wir Sie anhalten?«, antworte: »Wegen der toten Nutte im Kofferraum?« Nach einer halben Stunde mit dem Gesicht auf dem Asphalt siehst du die Welt mit anderen Augen.

8. Und die letzte, unglaublich wichtige achte Regel: Lies Bücher. Das sind diese Dinger, bei denen Vorspulen »Blättern« heißt. Klar, die Dinger sind manchmal lang. Speziell das Buch »Moby Dick, der weiße Wal«. Einfach Schwarzlichtlampe ins Meer, da leuchtet die Sau, Harpune, tschüss. Trotzdem: Bücher wie HARRY POTTER sind toll, trotz der dicken Kinder, die in Dortmund bei ihrem Versuch, nach Hogwarts zu kommen, von der Bahnhofsmauer abprallen.
   Es gibt keine schlechten Bücher: Selbst die Bondage-Gurke *50 Shades of Grey* ist nicht wirklich schlecht. Gut ... es ist schlecht, und es wäre leicht, sich darüber lustig zu machen, aber ich schreib grad selbst so was. Es heißt *50 Shades of Beige* und handelt von einer Bäckereifachverkäuferin, die sich in einen Kunden verliebt, der immer so Popelinejacken trägt. Oft schiebt sie ihm erotisch aufgeladene Nachrichten ins Roggenbrot, aber das bleibt unbemerkt, die frisst er zu Hause

immer mit, also geht sie eines Tages zum Schuster und lässt sich eine Edelstahlplakette gravieren, Text: ICH FIND DICH GEIL KOMMA GUDRUN, die versucht der Kunde mitzufressen, bricht sich daran die Schneidezähne ab und latscht zum Bäcker, klatscht der Frau eine, das findet sie unterm Strich aber ziemlich geil, ich bin ohnehin erst auf Seite eins, aber wenn's fertig ist, lese ich es euch vor. Bis dahin. Tschüss.

PEGIDA

(Januar 2015)

Wissen Sie, ich bin ein ganz schlichter Vogel. Grade was Komik angeht. Beispiel. Hat eigentlich jeder schon erlebt. Du musst nötig austreten und fährst deswegen auf eine Tankstelle, marschierst rein und sagst der Frau hinter der Kasse: »Tach, ich muss mal Pipi, darf ich bitte Ihr Klo benutzen?«

Und dann erhältst du wortlos einen Schlüssel mit einem leeren 1-Liter-Ölkanister daran, und SELBSTVERSTÄNDLICH habe ich diesen Kanister nach einer Minute bis zum Überschwappen voll wieder zur Kasse balanciert und auf den Tresen gestellt. Ein Missverständnis, Sie kennen das.

Sie haben das Konzept verstanden? Gut. Es könnte so einfach sein.

Aber jetzt stürmen Terroristen in die Redaktion einer Satire-Zeitschrift und mähen dort Menschen nieder. Das ist entsetzlich und falsch und zum Kotzen und absolut erschütternd. Und wenn ich nur einen einzigen Satz zu den schlimmen Dingen in Paris sagen darf: Ich bin ernsthaft sehr traurig – und wie erbärmlich auch die Motive der Terroristen waren, sie haben nichts erreicht. Null. Die windelweiche Behauptung, provoziert worden zu sein, zieht nicht für fuffzig Pfennig.

Ich fühle mich auch oft provoziert und töte niemanden. Und es gibt Dinge, die mich rasend machen. Beispiel: Du fährst mit 180 km/h auf der Autobahn Richtung Osten, volle Lotte, Tunnelblick, und plötzlich flammt in deinem rechten Sichtfeld irgendetwas Riesiges, brüllend

Buntes auf, und du musst hinsehen, du kannst gar nicht anders, hohe Geschwindigkeit hin oder her, also nimmst du den Blick von der Straße, glotzt nach rechts, und da ist ein gigantisches Schild, auf dem steht: LASSEN SIE SICH NICHT ABLENKEN. Ich könnte ausflippen. Aber das ist kein Hass. Das ist Genervtheit. Hass braucht immer nur einen kleinen Schubs.

Apropos nach rechts glotzen: Bitte heben Sie die Hand, wenn Sie, als Sie den Begriff PEGIDA hörten, auch dachten, die Firma STEIFF hätte ein neues Stofftier rausgebracht.

Liebe Dresdener: Ihr seid in meinem Reiseranking unter den TOP 3 der schönsten Städte, und ihr habt den Bierdeckel erfunden, aber könnt ihr mal aufhören, uns zu blamieren? Lauft bitte nicht rum und ruft WIR SIND DAS VOLK – ruft wenigstens WIR SIND DAS VOLK AUSGENOMMEN TORSTEN STRÄTER, denn abgesehen davon, dass ihr nichts weiter seid als eine BUTTERFAHRT DES HASSES, macht ihr da auch ganz was Peinliches. Bei euch laufen Leute mit Schildern rum: KARTOFFELN STATT DÖNER! Kartoffeln sind Sättigungsbeilage! Ich will BEIDES! Döner mit POMMES! Volltrottel. Und bitte: Legt euch einen vernünftigen Namen zu. Vorschlag: Kolossal Abgedrehte Charakterschweine Krakeelen Erbärmliches, kurz: KACKE.

Wenn ihr unbedingt diffus rumdemonstrieren wollt, sucht euch doch mal andere Völker und Religionen als Feindbild. Die Buddhisten zum Beispiel! Indien!

CONTRA-BOLLYWOOD! Die tanzen und singen ja dauernd. Das muss man mögen. Aber dummerweise: Wir brauchen die Inder. Wir tanzen und singen ja selbst zu bekannten indischen Arbeiter-Liedern: KLEIDUNG CLEVER KAUFEN BEI KIK! Das war jetzt frech, läuft aber unter Satire. Unter Freiheit. Für Kunst und Presse! Apropos Pressefreiheit:

Die lieben Omis da draußen sollten sich echt mal fragen, warum sie so in den ganzen Rentnerblättern verschaukelt werden: Auf dem Cover steht: IST DAS DAS ENDE? SCHWERER SCHICKSALSSCHLAG FÜR HELENE FISCHER! Näheres auf Seite 8. Und auf Seite 8 steht dann: Wie Freunde von Bekannten des Schwagers vom Frikadellenbeauftragten der charmanten Künstlerin raunen, hat Helene Fischer ihre verchromten Auftritts-Leggins im Hotel Kempinski liegen lassen. Man munkelt, sie hätte daraufhin weinend gesagt: »Bevor ich im Schlüpfer auftrete, sage ich lieber die Tour ab.« Also voll die Verarsche.

So was lesen wehrlose lungenkranke alte Leute im Krankenhausbett. Atemlos durch die Nacht. Verzeihung.

Trotzdem: Die Pressefreiheit ist ein hohes Gut. Sie ist wichtig. Überall auf der Welt. Für Humor und Satire gilt das doppelt. Satire darf nicht nur so ziemlich alles – sie muss auch. Und selbst jemand, der so einen Schwachmatenhumor hat wie ich, kann das sehen.

Also noch mal deutlich: Ich bin gegen Hass und gegen jede Form des Ereiferns oder des Hasses oder der Idiotie. Aber trotzdem, bei allem Herumgescherze, ganz kritisch, ich merke es auch: Der Muslim will mir ans Leder.

Und das Krasse ist, dass ich das weiß. Ich weiß sogar, wie er heißt. Serdal. Er betreibt ein Café bei mir im Ort. Ich schreibe da oft ... und ich sehe mittlerweile, dass er was plant. Er heckt was aus. Und nun weiß ich, ich weiß mit absoluter Gewissheit, was er vorhat: Er will mich in die Luft sprengen. Er ist allerdings kein stumpfer Fanatiker ... er ist geschickt. Perfide. Seine Waffe ist so viel durchtriebener als Dynamit oder Plastiksprengstoff. Er arbeitet mit Kuchen. Irgendwann machts BA-BUMM, und meine Plauze fliegt quer durch den Laden. Und ich lasse mir das auch noch gefallen. Das muss diese verdammte Integration sein. Sehen Sie mich doch an: ICH BIN EINE TICKENDE ZEITBOMBE! Ich muss mich jetzt hinlegen. Dieses Gestehe tut mir nicht gut.

Frohes neues Jahr.

ICH IM *kicker*

Ich schreibe auch für das *kicker* sportmagazin.

Und ich bin eigentlich nicht eben die Koryphäe auf dem Gebiet des Fußballs. Sicher, ich sympathisiere heftig mit dem BVB, aber das bedeutet jetzt zwei Dinge nicht:

1. Ahnung.
2. dass ich was gegen die Schalker habe.

Wir sind hier schließlich nicht bei Fackeln im Sturm. Die Schalker führen ohnehin ein Schattendasein im dichten Nebel des Gerüchts, Gelsenkirchen sei keine schöne Stadt. Kann sein. Aber echte Schönheit kannst du im Ruhrgebiet mit der Lupe suchen. Und mit derselben Lupe kannst du direkt nach meinem Sachverstand fahnden, Sherlock.

Ich nähere mich der Thematik des Fußballs von woanders, mehr so von schräg hinten, unter Zuhilfenahme sinnbefreiter Metaphern, artfremder Sportarten und Vergleichen, die oft nicht sofort einleuchten, ab und zu sogar nie. Unten finden Sie ein paar halbwegs geglückte Texte. Jedenfalls: Für mich ist das ein großer Spaß, also besten Dank, *kicker.*

NEUER HELD

(August 2014)

So langsam sickert es durch: Wir sind Weltmeister. Geschafft haben wir dies auch durch die Dreifaltigkeit aus Löw, Grillwurst und Autocorso. (Ich räume jetzt mal ein, dass ich nicht an irgendeinem wie auch immer gearteten Corso teilnahm. Ich fahre beruflich zu viel, um zusätzlich noch zur Huldigung der Nationalelf den Verbrennungsmotor anzuwerfen und eine Leerfahrt durch den Ort zu starten. Außerdem gab's keine Flaggen mehr. Und wenn ich mein Auto nicht ausstaffieren kann wie das Diplomatenfahrzeug eines Geisteskranken, erlahmt mein Interesse ohnehin.)

Krasse WM.

Das 7:1 gegen Brasilien war natürlich schön, resultierte aber letztlich aus einer recht ausufernden Schusseligkeit der Brasilianer. Die deutsche Elf las kurz ihre Verträge, § 1 lautete »Tore schießen wäre gut«, § 2 »am besten in die Lücken, wo keiner steht«, und so wurde es dann gemacht.

Aber, zum Punkt: NEUER! Tore machen ist super, Tore verhindern Großkunst. Wir haben den besten Keeper des Planeten, ach was, der Galaxis. Gut, mag sein, dass es in irgendeinem Sonnensystem eine namenlose, gallertartige Masse gibt, die noch besser ist als Manuel Neuer, aber einen Vertrag mit Nutella kann die sich abschminken.

Der Mann hat mich jedenfalls unfassbar beeindruckt. Optisch eher ein sehr hochgewachsener Michel aus Lönneberga, erreichte er in jedem Spiel Dinge, die man im Tor sonst nur schafft, indem man es mit Zement ausgießt.

Diese Lässigkeit. Das Beiläufige. Ich habe jedes Spiel gesehen, aufgezeichnet und analysiert.

Spiel gegen Portugal, Minute 44, Zeitlupe:

Der Ball fliegt aufs deutsche Tor zu. Die Aufzeichnung zeigt: Neuer schaut grade *Moulin Rouge* auf dem iPad. Er trägt Gartencloggs. Der Ball kommt näher, Neuer drückt auf PAUSE, geht gähnend die drei Schritte zum Tor. Der

Ball ist da. Neuer wehrt ihn mit dem Knie ab, dann macht er sich ein belegtes Brot.

Spiel gegen USA, Minute 24, Zeitlupe:

Neuer wehrt mit der Hand einen Ball ab, der noch gar nicht da ist. Dann pflanzt er neben dem linken Pfosten etwas Oregano. Als eben jener Ball in Minute 90 aufs Tor zurast, reicht ein scharfer Blick Neuers. Latte. Diese Technik des Vorschusshaltens ist in Gelsenkirchen Trainingsstandard.

Spiel gegen Brasilien, Minute 83, Zeitlupe:

Neuer ist seit 82 Minuten in der REM-Phase, sein Schlaftherapeut überwacht den Torhüter. Träumt er? Ja, sagt er später, von Kühen. Als er erwacht, sucht er Blickkontakt zu Jogi Löw. Der schiebt seinen Pony zur Seite. Dahinter: noch ein Pony. Dann Löws Augen. Neuer kennt den Blick und deutet ihn richtig. Er besagt: »Manuel, lass mal einen rein, die zünden uns sonst den Bus an.«

Das waren nur die Standardsituationen. Dass Manuel Neuer in Rio einen auf die Stadt abstürzenden Meteoriten abwehrte, tut er bescheiden mit einem Schulterzucken ab. Er habe »die Hand eh grad oben gehabt.«

Ich bin neuer Neuer-Fan. Hammertyp. Leider ist die WM vorbei, aber von mir aus können die Zeitungen und Sender weiterhin von diesem Fürsten der Abwehr berichten. Egal was. Ich freue mich über alles, von mir aus auch über:

AMPEL SPRINGT VON GELB AUF ROT. NEUER HÄLT.

MINIGOLF

(Mai 2013)

Ich mag Minigolf. Minigolf ist wie das Leben. Steigender Schwierigkeitsgrad, eine Menge Schrägen. Wer je mit der untergehenden Sonne im Nacken bei Schlag 700 vor dieser Looping-Bahn vor sich hinschimmelte, weiß, wovon ich rede.

Gerade hat mein neunjähriger Sohn mir seinen Schulaufsatz vorgelegt.

Ich klopfe ihm auf die Schulter und beginne zu lesen.

WIE ICH MIR MEINE ZUKUNFT VORSTELLE

»Wenn ich die Schule beendet habe, werde ich Fußballer und mir eine Villa kaufen.«

Das ist ein bisschen unrealistisch, denke ich, und dann fällt mir ein:

Ich wollte damals Batman werden. Hauptberuflich. Ebenfalls mit Villa. Und Höhle im Keller. Zudem schiebt er taktisch klug nach:

»Ich werde weder rauchen noch trinken.«

Das ist:

A. wirklich toll

B. auch besser, wenn er nicht möchte, dass ich ihn bis zu seinem vierzigsten Geburtstag auf jede Party begleite.

»Am liebsten würde ich beim BVB spielen, aber das erste und zweite Angebot sollte man nicht unbedingt ablehnen.«

Oha. Er hat sich echt Gedanken gemacht.

Dann aber:

»Mit der Villa hole ich mir noch einen Lamborghini. Meinen Hund nenne ich GOAL.«

Ü-ber-haupt kein Problem. Also der Name des Hundes. Aber ich glaube, wir müssen kurz über gewisse Erwartungen reden.

»Sportfreund, 1-A Aufsatz, jedoch: Fußball ist nicht nur Geld, Autos und Werbeverträge für Pudding. Da ist auch der Schmerz.«

»Welcher Schmerz, Papa?«

Ja genau, welcher Schmerz noch mal, denke ich.

»Äh … Jürgen Klopp zum Beispiel hat sich am Hinterkopf Haare rausflexen und dann an der Stirn wieder einpflanzen zu lassen. Tut weh wie Sau! Millionen Haare! Aua-Aua.«

»Woher weißt du das?«

»Er … na ja … er hat's erzählt. Also nicht, dass es wehtat, aber das mit den Haaren.«

»Und weiter, Papa?«

»Nun … nix weiter.«

Er hat recht – nicht jeder mit Millionen im Hinterkopf erzählt auch was darüber. Offenheit ist gut.

»Trotzdem«, versuche ich es wieder, »ist das ein hartes Geschäft. Neid, Konkurrenz, alles nicht so leicht!«

Mein Sohn lächelt. »Quatsch, Papa. Die Engländer sind doch sogar so lieb und leihen Dortmund und den Bayern ein Stadion, obwohl sie selbst gar nicht mitspielen dürfen.«

Ich streiche die Segel. Kind ist klüger als ich.

Als wir später am Fußballplatz vorbeispazieren, fällt mir wieder die Sache mit dem Hund ein.

»Ich taufe dieses Tor auf den Namen HASSO«, sage ich feierlich.

»Was soll der Quatsch?« Mein Sohn verdreht die Augen.

»Das«, erwidere ich, während ich ihn vom Bolzplatz wegziehe, »das erkläre ich dir beim Minigolf.«

PROPHETEN-ZEUG: WARUM WIR DIESMAL DIE WM GEWINNEN

(Mai 2014)

Das nenne ich einen erbaulichen Titel. Mein Sohn fragte mich nämlich: »Papa, werden wir diesmal Weltmeister?«

»Sohn«, sprach ich, »das ist eine kluge Frage. Nun, ich, dein Vater, der ich das Orakel von Dortmund bin, die menschgewordene Kristallkugel, Finder der verlorenen Dinge, Durchblicker der Folie auf Rubbellosen und Geschäftsführer von Hogwarts, sage ganz klar: Woher soll ich das wissen? Jetzt mal echt. Aber es spricht einiges dafür.«

»Was denn?«

»Kind, das ist so einiges.«

»Dir fällt nichts ein, oder ... Papa?«

»Ich weiß nicht, ob mir dein Ton gefällt. Und hör auf die Arme zu verschränken. Und grins nicht so doof. Pass auf: Wir werden Weltmeister, wenn wir ein paar Dinge beachten. Derer sind:

Herr Löw sollte am Spielfeldrand keines seiner slimfit-Hemden tragen. Zum einen, weil in Brasilien durchschnittlich 52 Grad herrschen und so ein auf den Leib gesprühtes Hemd einen da unnötig einengt, zum anderen, weil ich keine Trainer-Brustwarzen sehen möchte. Besser wäre ein T-Shirt mit der Aufschrift: RENN, MILLIONÄR!

Dann müssen sich die Spieler noch dringend an die Temperaturen gewöhnen. Nach dem, was uns zu Hause momentan als Sommer angedreht wird, kollabieren die ruck, zuck. Außerdem wäre es prima, wenn wir trotzdem gut spielen. Strukturiert, strategisch, aber auch krass explosiv. Das ein oder andere Tor käme gelegen. Hilfreich wäre auch, wenn die gegnerischen Teams sich eine unglaubliche Scheiße zusammenpöhlen – Eigentore, Fallrückzieher ins Gesicht des eigenen Kapitäns, so was in der Art. Vielleicht käme es auch gut, den Brasilianern zu zeigen, dass wir Deutschen keine käsigen Fließband-Fraggles sind, sondern echte Partygranaten. Und dann ist es noch wichtig, dass wir keinen beknackten WM-Hit haben. Weder von Porno-Uschis noch von Schnappi dem Krokodil oder sowas wie »Der Ball ist gestorben« von *Unheilig*. So. Und am besten wäre, es schneit. Wir packen das. Die Bibel sagt LÖW UND LAHM WERDEN BEIEINANDER WEIDEN, so ungefähr, also wird das auch was, Kind. Punkt.«

Mein Sohn schaut skeptisch.

»Vertrau meiner Lebenserfahrung, Kind.«

Der Sohn lächelt. »Okay. Und nun?«

»Grillen wir«, sage ich.

»Papa, es regnet!«

»Papperlapapp.«

Wenn ich sage, wir grillen, grillen wir. Mein Wort gilt noch was.

Die Kohle glüht. Ich lege Bauchfleisch auf. Es zischt, dichter Rauch steigt auf und schlängelt sich um die Wohnzimmerlampe.

Es lässt sich etwas schwer atmen. Aber es geht.

»Papa, müssen wir morgen wieder renovieren?«

Das wäre das dritte Mal dieses Jahr. Verdammtes Wetter.

Ich betrachte den fettigen Rauch unter der Decke: »Es spricht einiges dafür.«

LIEBE JUNGS VOM BVB …

(Januar 2015)

… im Moment – und es ist ein ziemlich gedehnter Moment – läuft es nicht so. Verzeihung. Ist doch so.

Ich kann euch da auch keine konkreten Tipps geben, aber an Ratschlägen dürfte es sowieso nicht mangeln, ne? Da ist an Rezepten im Prinzip alles dabei, von »Nich immer ALLEINE!« über »Actimel saufen, stärkt angeblich die Abwehr« bis hin zu »Die Verletzten sollen sich in Ruhe auskurieren, währenddessen gibt's keine Spiele, dafür werden auf dem Rasen Ausschnitte aus Musicals gezeigt.« Taugt als Rat alles nichts. Ich möchte euch stattdessen eine Geschichte erzählen, eine wahre Geschichte über Mut und Hingabe und die Kraft, das Denken auszuschalten. Zur Inspiration.

Ein guter Kumpel von mir, nennen wir ihn Lutz, ist ein Freund des Billards. Einst lud er mich ein, mit ihm einige Partien zu spielen, und zwar in einem für seine knorken Tische bekannten Lokal. Wir stocherten ein paar Runden über den grünen Filz, wobei Lutz jede Runde gewann. Da ich kein richtiger Gegner war, wandte sich Lutz an einen Kerl, der am Nebentisch spielte und aussah wie das Matterhorn in Lederjacke. Durchtrainiert, wuchtig – und zudem, und das war bemerkenswert, augenscheinlich Träger einer festen Zahnspange. Vielleicht war er ein Kampfsportler, der sich einen fremden Fuß eingefangen hatte und deswegen dentale Korrekturen erdulden musste, vielleicht war es so ein Hip-Hop-Spleen. Man weiß es nicht. Wir fragten nicht. Man hörte ohnehin kaum, was er sagte, denn er flüsterte fast und war zudem ziemlich einsilbig. Wenn man allerdings genau lauschte, merkte man, dass er stark lispelte. Aha, dachte ich. Deswegen. Lutz forderte den riesigen Mann heraus, Einsatz: 50 Euro.

Nun spielte der Typ allerdings fantastisch Billard und machte Lutz derartig lang, dass einem Hören und Sehen verging. Fünf Minuten. Lutz verlor und zahlte. Mit der linken Hand überreichte er dem Riesen den Geldschein, die Rechte jedoch legte er auf dessen Schulter, blickte ihm in die Augen und brüllte: »SUSI, SAG MAL SAURE SAHNE!«

Was ich damit ausdrücken will: Versucht, das Denken auszuschalten, nach vorn zu blicken und, wenn es hart auf hart kommt, eben noch mal nachzulegen. Mut! Wie in der Billard-Geschichte.

Okay, Lutz hat dann unglaublich was auf die Fresse bekommen; über Menschen, die lispeln, macht man sich nicht lustig, die Idee als solche war bescheuert ... und überhaupt ist die Geschichte jetzt kein sonderlich gutes Beispiel, wenn ich es recht bedenke.

Hm. Anders: Männer des BVB! Kopf hoch! Wir lassen euch nicht hängen, und wenn ihr keinen Schimmer habt, was ihr grade falsch macht, fragt euch: Was machen die anderen im Moment richtig?

Findet euch wieder. Erfindet euch neu. Oder geht mal eine Runde Billard spielen. Ich hörte, das macht den Kopf frei. Nein, schon wieder ein blödes Beispiel.

Also, in GANZ kurz:

Was da hinter euch liegt, sind ein paar doofe Spiele.

Was da hinter euch steht, das sind wir.

GUTE ÄRZTE SIND WICHTIG

(April 2015)

Ich wohne mittlerweile in einem kleinen Ort neben Dortmund, und mein Hausarzt ist so gut, dass die Praxis immer rappelvoll ist. Unfassbar. Wartezeiten ohne Ende. Ich gehe schon immer hin, wenn ich gesund bin. Bis ich dran komme, habe ich meistens was. Wie gesagt: Superarzt.

Er sagt immer: »Sträter, du bist 48! Also: Einmal am Tag ins Schwitzen kommen!«

Ich liege also letzte Woche auf der Couch, neun Daunendecken auf dem Leib, sonst wird mir einfach nicht warm, und sehe im TV: Bayerns Titanenarzt Müller-Wohlfahrt hat ausgestempelt.

Was ist da los? Jetzt mal im Ernst. Ich höre ernsthaft, dass der Doc den Hut genommen hat, weil er für die Niederlage gegen Porto mitverantwortlich gemacht wurde. Was? Ich hab den gar nicht spielen sehen.

Hier greift wahrscheinlich die alte Regel: Wenn man nicht schwimmen kann, liegt's auch immer an der Badehose. Apropos Alter – wie schlecht kann ein Mediziner sein, der mit 72 aussieht wie Tom Cruise in Top Gun? Und warum ist der überhaupt so schlank? Und kann es sein, dass Müller-Wohlfahrt unsterblich ist? In der Sixtinischen Kapelle gibt es Malereien, die, da bin ich fast sicher, Müller-Wohlfahrt im dritten Studienjahr zeigen. Gleiche Frisur. Unheimlich. Wie der aussieht, ist geradezu absurd. Wenn du heute ein HANUTA isst, dem ein Aufkleber von Karl-Heinz Rummenigge beiliegt, bist du tot. Punkt.

Aber über Müller-Wohlfahrt könnte man kurz mit dem Weichzeichner drüber gehen, und dann zack auf die Kinderschokolade.

Spieler kommen und gehen. Das ist gut und richtig so. Mit Ende 20 geht's Richtung Ruhestand, mit Mitte 30 dann oft nur noch der unselige Strudel aus Porsche, Beraterposten und P1.

Aber wie, um den Namen jetzt mal volle Kanne auszuschreiben, Dr. Hans-Wilhelm Müller-Wohlfahrt 38 Jahre erfolgreicher Arzt zu sein, ist schon ein ganz anderes Kaliber.

Wie geht's denn nun weiter? Nun, die Zeit wird es zeigen.

Ich glaube, im Jahr 2059 wird Fußball mit holographischen Bällen gespielt, der Schiedsrichter ist ein koreanisches Qualitätsprodukt, der Rasen eine neue Züchtung, weich wie Watte, widerstandsfähig wie Stahlwolle. Und am Rand wird Dr. Müller-Wohlfahrt stehen, einen Schluck Wasser nehmen, und wir zu Hause werden uns fragen: Hab ich da 'n graues Haar gesehen?

Nee. Das war das Licht.

TEIL III

VÖLLIG HIRNVERBRANNTES ZEUG

Presseberichte sind ja so eine Sache. Sie werden von Menschen verfasst, die sich ganz ganz oft für die Thematik der Komik interessieren, und somit auch im persönlichen Umgang jenen vorzuziehen sind, die Rentnerblätter mit Scheiße im Blocksatz beglücken. Sie wissen schon:

SCHICKSALSTAGE FÜR FLORIAN SILBEREISEN!

Darunter:

MACHEN SCHLIMME DIRNEN ALLES KAPUTT?

Auf Seite 5 dann die Auflösung: ein Foto von Silbereisen, der in München die Straße langgeht und sich am Sack kratzt.

Bericht: »Hat unser Florian im Freudenhaus über die Stränge geschlagen? Wie gut unterrichtete Kreise berichten, juckt ihn das Gemächt, und der berüchtigte Bordellbetrieb ist nur 18 km entfernt. Da wird Helene ja Augen machen!« Oder so. Völlig haltlos. Was sind überhaupt diese gut unterrichteten Kreise? Ein Kreis ist ein Kreis, und wenn er hundertmal Latein hatte.

Ich schweife ab. In Bonn gibt's einen Journalisten, der zu Kabarett-Auftritten ziemlich ambitionierte Sachen schreibt. Je weniger gut es ihm gefällt, desto ambitionierter. Das ist recht amüsant zu lesen. Wenn man nicht grad selbst betroffen ist. Aber egal, ob er dich verreißt oder lobt: Die Rezensionen erheben sich oft über den Stil des Üblichen, den schlichten Aufzählungen von Gags, dem stumpfen Nacherzählen.

Als ich in Bonn auftreten durfte, hatte ich vorab natürlich ein bisschen Schiss. Deswegen schrieb ich untenstehenden Text. Als eine Art Angebot. Es wurde nicht angenommen. Seltsam.

PRESSEBERICHT

GELUNGENER ABEND MIT DORTMUNDER MANN

Recht viel zu lachen gab es bei der Darbietung des Dortmunders Torsten Sträter. Die Stimmung war knorke, speziell die erste Reihe, samt und sonders Bonner Landfrauen in der ortsüblichen Tracht (Sackleinen und Gartenclogs von PRADA) war kurz davor, das Tanzbein zu schwingen. Bemerkenswert, wurde doch auf Musik bewusst verzichtet. Schon bei den ersten Worten des mehrfachen Preisträgers verwandelte sich das Pantheon in einen Hexenkessel – stieg Sträter doch ganz im Geiste der Bürgernähe von der Bühne, marschierte zum Interims-Bürgermeister von Bonn und begrüßte ihn mit »Kikeriki, du Halunke.« Was dann folgte, war ein Feuerwerk an Pointen und Beobachtungen; speziell Sträters Talent, die abgenudelten Promis links liegen zu lassen und seine eigene Stimme zu imitieren, war auf den Punkt gebracht, das hatte man in solcher Perfektion noch nicht gehört. Höhepunkt der ersten Hälfte war aber sicher Sträters Pantomime über die Missstände beim Bau des Berliner Flughafens, die er mit nacktem Oberkörper und nichts weiter als einem Pfund Spielknete bestritt. Das waren 40 Minuten, die wie im Flug vergingen. Als Sträter dann schloss, indem er die Arme ausbreitete und mit dem Mund Propellergeräusche machte, fiel die eine oder andere verstohlene Träne aufs Parkett. Dann, wie ein Hammerschlag, die Pause. Für das leibliche Wohl war gesorgt.

Aufgeregte Gespräche waberten durchs Publikum, viele blieben wie erstarrt auf ihren Plätzen, obwohl am Eingang ein Bonner Szene-Gastronom Kohlrabi-Schorle kredenzte, und das für angemessene vier Mark pro Hektoliter. Die Zuschauer indes, so hörte man, waren sich einig: Das lange Anstehen in der Schlange beim Vorverkaufsschalter hatte sich gelohnt, denn was sind schon drei Kilometer, wenn man die Kunst in sein Herz lassen darf? Die Entscheidung, die Karten im Apple Store anzubieten und mit dem Kauf des neuen iPhones zu koppeln, tat ein Übriges. Trotzdem: Karten blieben rar. Der harte Kern des Abonnentenpublikums war pfiffigerweise einfach seit der Vorstellung von Volker Pispers im April sitzen geblieben und entging so der beinahe unmenschlichen Drängelei. Bereits drei Stunden später endete die Pause, die Sträter genutzt hatte, um still auf dem iPad *Lawrence von Arabien* zu sehen, und so war die Stimmung der wach gebliebenen Bonner auf einem nie gekannten Siedepunkt.

Sträter erschien zur 2. Hälfte mit einer Nebelmaschine an den Füßen, was ihn auf poetische Weise schwebend erscheinen ließ, eine Art André Heller, nur dunkler. Er eröffnete mit seinem bei Reclam erschienenen Lyrik-Triptychon Heidegger & WHATSAPP. Stärkste Teile hier: Ey, was machste? Chillen. Krass. Udo hat ein Bild gesendet. Lol. Dann, als wäre es nicht schon zu viel des Guten, Bildung: Sträter scheint da alle Sperren zu überwinden, er will nicht nur, wenn auf auch olympischem Niveau, unterhalten, er möchte, dass die Menschen ein Stück Lebenshilfe mit heimnehmen. Er zeigte: Kabarett kann den Geist sättigen und anreichern, und das ohne jede Bleischwere. So gab er den Bonnern, und zwar allen, denn mittlerweile war die ganze Stadt erschienen, niemanden hielt es mehr in der Kargheit seiner Stube, da waren Alte und Neugeborene, es roch infernalisch, so also gab er ALLEN BONNERN einen kleinen Ausschnitt seines zertifizierten Kurses »Schlagfertig in fünf Sekunden« mit. Er ermutigte einen willkürlich aus dem Publikum gepickten älteren Herrn, einfach in eine besonders verrufene Bar zu gehen, jetzt, sofort, und dort am Tresen den übelsten Schläger mit folgenden Worten anzusprechen: »Na, Bock auf 'ne Caprisonne, du Spacken?« Denn das ist vorauseilende

Schlagfertigkeit, gewitzter Humor, satirische Initiative zeigen, denn das würde das Leben verändern, danach würde man alles mit anderen Augen sehen und vielen Situationen ganz anders begegnen, man solle es aber dosiert einsetzen und vor allem nicht in nächster Zeit, man habe immerhin grade sechs Wochen im Koma gelegen. Der Mann schnappte sich beseelt seine Jacke und ging los. Das ist es, was Kabarett bewirken kann. So entlastet man die Rentenkasse. Der Jubel wollte kein Ende nehmen.

Zum Schluss zeigte Sträter seine mit der renommierten »Hückeswagener Hartkäsereibe« prämierte Mentalisten-Nummer, das war Top-Niveau, wie er schweigend die Gedanken einer Dame aus der vierten Reihe las, als wäre sie ein offenes Buch. Fast konnte man einen vagen Streifen Geistesdampf zwischen bürgerlicher Bonnerin und Künstler sehen. Unheimlich und doch mitreißend. Folgerichtig hatte Sträter es nicht nötig, die gelesenen Gedanken der Frau publik zu machen; er stellt niemanden bloß, sein Publikum ist ihm heilig. So blieb es bei einem knappen Nicken. Worte waren da nicht nötig, da ging die Würde des Einzelnen über billige Schauwerte.

Dann geht Sträter ab. Schwärze. In der Stille erste Rufe, zumeist »Bringen Sie das Kind zum Schweigen!« oder »Gisela, hast du noch 'n Snickers, ich bin völlig unterzuckert«, dann vermehrt Schreie nach dem Künstler, schließlich ein ohrenbetäubender Kanon des Begehrens. Sträter schaut noch rasch die letzte Staffel *Grey's Anatomy* zu Ende, dann kehrt er auf die Bühne zurück. Bonn verändert sich für immer. Zum Zeitpunkt der Drucklegung hält Sträters Zugabe noch an. Der Veranstaltungskalender verschiebt sich entsprechend, und wir hoffen, dass Jochen Malmsheimer einen schönen November in Bonn-Beuel hat, während er auf das Ende der Show wartet.

Fazit zur Sträter-Show: Kann man machen, wenn nix im Fernsehen läuft.

ABGELEHNTES MATERIAL –

EINE STELLUNGNAHME

Ich schreibe verdammt viele Sachen, versuche mich in vielen Stilarten, bin bemüht, den Finger an den Puls der Befindlichkeiten zu legen. Und doch zeigen mir verschiedene Sender mitunter den Mittelfinger, wenn ich Material einreiche, dessen Tiefe sich erst nach und nach offenbart. Ist das diese Medienzensur?

Ich meine jedenfalls, dass Sie als meine Leser ein Recht darauf haben, auch einmal Material zu sehen, das es trotz seiner Qualität NICHT in irgendeine Sendung geschafft hat.

Ich habe mal einige abgelehnte Fragmente zusammengestellt. Urteilen Sie selbst.

Februar 2012: BEITRAG FÜR RADIO RBB, THEMA »FREMD IN BERLIN«

Bin in Berlin. Habe neues Auto. Ich hab gelesen, man muss wegen der Autonomen vorsichtig sein, die zünden einem ganz schnell mal als Kapitalismuskritik die Karre an. Schlimm. Trotzdem: Das nächste Mal, wenn ich in Kreuzberg einen Vermummten niederknüppele, weil er sich in der Nähe meines Wagens rumdrückt, check ich vorher kurz, wen ich da vor mir habe. Oder kurz gesagt: Ich zahle den kompletten Zahnersatz dieser Nonne. Also sorry. Missverständnis.

Ich finde das nicht sonderlich schlimm. Es fußt einfach auf einem Missverständnis. Wurde aber abgelehnt.

Habe dann Alternativ-Material geschickt:

März 2012: Altern. Beitrag für Radio RBB, Thema »Fremd In Berlin 2«

Wieder in Berlin. Habe mit Angelina Jolie geschlafen. Fremde standen daneben und haben rhythmisch in die Hände geklatscht. Dann haben mich die Leute von Madame Tussauds Wachsfigurenkabinett von ihr weggezerrt ... Unromantische Arschgeigen.

Da kam dann gar nix mehr vom RBB.

Nächstes Ding:

Juni 2014: Beitrag für Funkhaus Europa, Thema »Isolation im Alter«

Bin einsam. Gehe ins Tierheim und suche mir so einen kleinen haarigen Racker aus. Nenne ihn Fipsi. Er ist stubenrein, braucht aber eine harte Hand. Meine Erziehung zeitigt schnell Erfolg. Aber bald wirkt mein kleiner Liebling lethargisch. Ich sage: »Was hat der Fipsi? Was hattahatta der dicke FIPPPPSSI?« Fipsi meint daraufhin, er müsse jetzt zurück ins Tierheim und sich sein Berichtsheft unterschreiben lassen – und überhaupt sei das alles illegal. Ziehe ihm eins mit der Zeitung über.

Wurde abgelehnt. Keine Ahnung, warum. Beim nächsten Beitrag habe ich allerdings eine Ahnung.

September 2010: Beitrag für WDR 5, Thema »Wir in NRW«

Direkt über mir wohnt eine blinde Dame, die mir das Leben zur Hölle macht. Dauernd klingelt sie bei mir und unterstellt mir Dinge:

»Herr Sträter! Ich weiß genau, dass Sie gestern Nacht in meiner Wohnung waren und von meinen Dominosteinen gegessen haben. Sie brauchen das nicht abzustreiten!«

»Gnädige Frau. Sie denken also, ich würde in stockfinsterer Nacht bei Ihnen einbrechen und Ihnen das Weihnachtszeug von der Anrichte fressen? Wo haben Sie im Juli überhaupt Dominosteine her? Das ist doch widerwärtig!«

»Reden Sie sich nicht raus! Ich habe nachgezählt. Vier fehlen!«

Was sagt man dazu? Nix.

Ich denke, sie war nur verbittert, weil ich im Gespräch mit ihr als Blinder gedankenlos unpassende Redewendungen benutzte, meist so was wie »Nun schauen Sie mal« oder »Sie müssen das so sehen« oder auch »Das liegt im Auge des Betrachters sowie »Augenblick bitte«, »Seh ich so aus?« und »Na kuck mal einer an!«

Aber ich begeh doch nicht Hausfriedensbruch und fress der nachts ihr Zeug weg. Von dem Marzipan letztes Jahr habe ich Ausschlag gekriegt, da sah ich aus wie eine genoppte Badewannenmatte, das passiert mir nicht noch mal.«

Wurde auch nicht genommen. Vermutlich zu kurz. Aber am meisten ärgert mich, dass folgende Miniatur nicht genommen wurde:

November 2012: Beitrag für ARTE, Thema: »Zeitgenössische Dichtung«

Einreichung zur Lyrik-Ausschreibung des Goethe-Instituts:

Siehst du in Stockholm Nixen wichsen,
Im Walde Eulen heftig keulen
Elche mit Gigantenschädeln
Schlamm von Ihrer Peitsche wedeln,
Das Meer voller Amphibienrackern
Im Schlick sich richtig einen schlackern
Dann, oh Menschheit, ahnt man,
Die Natur legt Hand an.

Die Ausschreibung, las ich wenig später, hieß gar nicht »Onanie Natur«, sondern »Ode an die Natur«. Brauche wohl eine Lesebrille.

Gut, jetzt im Moment, nachdem ich's mal gebündelt niedergeschrieben habe, muss ich selbst sagen: DAS IST ALLES GROSSE KACKE. Und klar, deswegen wurde es abgelehnt, aber mir war auch wichtig, dass Sie da draußen einfach mal aus erster Hand erfahren, warum eigentlich.

DETEKTIV-ROMAN-VERSUCH,

BEI DEM RECHT SCHNELL FESTSTAND, DAS WIRD VORNE UND HINTEN NICHTS, UND DIE MITTE TAUGT AUCH KAUM WAS, ABER IMMERHIN: GUTER CLIFFHANGER. WOBEI ICH MIT »GUT« EHER »GEHT SO« MEINE.

7:00 Uhr

Meine Detektei lief einigermaßen. Allerdings erst, seit ich sie umbenannt hatte. Meine Klienten waren meist Ehefrauen, die ihre Männer der Untreue bezichtigten. Und ich trauerte dem früheren Namen meines Unternehmens schon ein wenig hinterher:

Ich bin dir auf den Fersen und werde dich zur Strecke bringen, du geiler Bock GmbH. Aber er war einfach zu lang – so lang, dass die letzten Wörter »geiler Bock GmbH« schon über das Schaufenster des benachbarten Geschäfts für Wolle und Strickwaren reichte, wodurch die alte Dame, die das Geschäft führte, kleine Probleme bekam, weil seitdem vermummte Männer im Angesicht beigefarbener Pullunder vor dem Laden onanierten. Also benannte ich mein Geschäft um.

Es hieß nun *Detektei und Hörnchenbäckerei Sträter.* Das reine Detektiv-Geschäft lief jetzt nicht so, und ich hatte lange über ein Zusatzgeschäft nachgedacht, darunter: *Detektei und Horoskope Sträter, Detektei und*

Glückskekstext-Auftragsagentur Sträter und *Detektei und Fußpflege Chantal*, weil da *Sträter* total blöd klang.

Aber nichts davon lief – vielleicht auch, weil ich keine Ahnung von Horoskopen habe. Ich besitze eine Tasse, auf der *JUNGFRAU: ordnungsliebend und penibel* steht. Ich find sie zwar nicht wieder, aber sie war sowieso pottdreckig. Das mit den Glückskekstexten war auch nix – mir fielen als Texte nur Zitate aus Actionfilmen ein, und ich hatte lebhaft vor Augen, wie das wäre, wenn eine ältere Dame beim Chinamann ihren Keks aufbricht, den Zettel hervorfummelt, und da steht:

Plötzlich war da ein Kind, ein Junge, der zu uns kam. Und er hatte so einen Schuhputzkasten, und er sagte: »Schuhe putzen. Schuhe putzen, Schuhe putzen, Mister!« Ich wollte das nicht, aber Joe, Joe hat »ja« gesagt. Und ich, ich war ein paar Bier holen, und ... und dieser Kasten hatte Drähte, und Joe macht das Ding auf, es explodiert, und Joe fliegt quer über den Platz. Er hat dagelegen und geschrien, er hat so verteufelt geschrien, und überall lagen Körperteile von ihm, hier, ja, so, sie flogen, sie flogen über mich rüber, verstehst du, er war mein Freund, zerfetzt über mir. Und dieses verdammte Blut! Ich versuchte ihn zusammenzuhalten, aber ... aber es ging nicht, seine Gedärme kamen immer weiter aus ihm raus! Niemand wollte uns helfen! Joe hat geweint, er sagte: »Ich will nach Hause, ich will nach Hause!« Er hat es immer wieder gesagt: »Ich will nach Hause, ich will meinen Chevy fahren!«, und ich konnte seine verdammten Beine nicht finden!

(Aus: Rambo, Teil 1)

Und das mit der Fußpflege lief zwar gut an, wenn Laufkundschaft kam, scheiterte aber an den telefonischen Terminnachfragen:

Telefon: Ring, ring.

Ich hebe ab. »Sträter.«

Kundin: »Ja, guten Tag, ich brauche einen Termin zur Fußpflege.«

Ich: »Hmmm.«

Kundin: »Könnte ich Chantal sprechen?«

Ich: »Nein.«

Kundin: »Ich will aber mit Chantal sprechen!«

Ich: »O.k.«

Also legte ich den Hörer fünf Sekunden zur Seite und nahm ihn dann wieder auf.

»Ja?«

»Ist da Chantal?«

»Ja.«

»Sie sind Chantal?«

»Jaaaa.«

»Wiederholen Sie das.«

»Ich bin Chantal.«

Aufgelegt.

Egal.

Hörnchen liefen auch nicht die Bohne, aber ich hatte stets frische da. Konnte ja immer mal was sein.

Jedenfalls: Ich saß ich auf meinem Bürostuhl mit Massagefunktion, surfte im Internet und stellte fest, dass ich immer wieder auf YOUPORN landete, selbst wenn ich eigentlich die Seite von POCO DOMÄNE aufrufen wollte.

Das war entweder ein schwerwiegender Fehler von Windows Vista, oder irgendein Wichser hatte YOUPORN als Startseite festgelegt. Aber je mehr ich über die Verwegenheit meiner Mitarbeiter nachdachte, desto klarer wurde mir, dass außer mir hier niemand arbeitete. Das war bedenklich.

Ich blickte aus dem Fenster. Und erstarrte. Obschon es früh am Tag war, hing Schwärze in den Straßen. Es war zu dunkel. Ich nahm die Sonnenbrille ab. Immer noch zu dunkel. Ging zum Fenster, zog die Jalousien hoch. Immer noch zu dunkel.

Dann ging ich eine Weile auf und ab. Das half mir beim Denken. Mein Hirn ist nicht so simpel konstruiert wie das des Durchschnittsbürgers, das ja einer Dampfmaschine gleicht, die mit Paniermehl betrieben wird. Mein Hirn hingegen wurde von einer Art göttlichem Funken befeuert, einem Über-Ich-Flackern, und so war es kaum verwunderlich, dass mir meine Mitmenschen wie bessere Tiere vorkamen, wie emsige, eilfertige Sittiche, taumelnd in den Schatten meines Scharfsinns. Ich beugte mich erneut über meine Kladde. Las.

»Es ist zu dunkel.«

Ich schrieb darunter: »Stimmt.«

9:00 Uhr

Immer noch dunkel draußen. Schwarz. Verhangen. Welch sinistres Geheimnis entfaltet sich wie der Brief der heimlich Liebenden? Welches sonderbare Rätsel bergen die Schemen in den Gassen meiner Heimatstadt? Und warum schreibe ich plötzlich im Präsens? Und so gestelzt? Letzteres mag daran liegen, dass ich, getrieben von der düsteren Stimmung des Tages, noch vor Stundenfrist Edgar Allen Poe las.

Kaffee wäre jetzt zauberhaft. Ich habe meine Zugehfrau für einen Tag in die Sommerfrische geschickt und muss mir das aromatische Heißgetränk selbst bereiten. Gottverflucht! Wie nur war der präzise Ablauf? Ich schaufle eine Schüppe Kaffeebohnen in den Sieder, drehe die Gasflamme hoch und setzte mich verharrend auf den Schemel. Das Gebräu kocht alsbald, und ein feiner Duft erfüllt meine Stube. Ich muss diesen Schreibstil loswerden, er gerät mir zur Seelenpein. Wäre nur mein Oheim hier, er wüsste wohl Rat.

Mein Leib drängt mich zur Notdurft, also erhebe ich mich und gehe unter dem Sirren des Kaffeesieders in den Südflügel, mich zu erleichtern.

9:15 Uhr

Geht doch. Auf dem Pott lag meine zerlesene Ausgabe von Charles Bukowskis »Mann mit der Ledertasche«. Ich las darin, seilte einen guten Schiss ab, ging in die Küche und schaltete das Radio ein. Sie spielten was von Debussy, und ich machte mir gerade eine Flasche Pinselreiniger auf, als diese Durchsage kam.

Die Radioansagerin raunte was von »unheimlichen Ereignissen in Dortmund«, aber ich dachte die ganze Zeit, dass sie bei der Stimme einen fabelhaften Arsch haben dürfte. Irgendwann drehte ich das Radio ab. Die Kleine hatte nicht mit dem Gequatsche aufgehört. Keine Chance für Debussy. Vielleicht würde ich am Nachmittag noch eine Short Story hinkriegen, aber auch wenn nicht: Einkaufen musste ich ohnehin. Also verließ ich die Wohnung.

An den Postkästen drückte sich ein rattengesichtiger Zwerg herum. »Sind Sie Sträter?«

»Schon möglich«, sagte ich.

Er ging nicht groß darauf ein.

»Da draußen geht irgendein schräges Ding ab«, sagte er. Klang verängstigt. Dann sah er an mir herab, betrachtete meine mit Klebeband reparierten Schuhe aus Armeebeständen und grinste.

»Aber ich denke nicht, dass Sie da was hinkriegen, Sträter.«

Ich nickte, holte meine Faust aus der Tasche meines abgetragenen Bademantels und schlug sie ihm in die Fresse.

Er kippte um wie ein Melkschemel, und noch während ich seine Fallkurve in Augenschein nahm, dachte ich: Mit dem Bademantel auf die Straße gehen ist Bullshit, da kommt nichts bei rum, ich muss von diesem Trip runter. Das hatte mich schon oft in Schwierigkeiten gebracht. Ich hätte mich viel länger im Vorstand von VW gehalten, wenn ich nicht jeden Mittag mit diesem gestreiften Scheißding da aufgelaufen wäre, aber so ist das nun mal mit zwanghaftem Verhalten. Bei den einen ist es Angel Dust, die anderen saufen oder haben Maläsen mit Miezen, bei mir war's eben diese Frotteesache. Ich war schon ziemlich kaputt. Na ja.

Es wurde Zeit, sich mal umzusehen.

Ich trottete los. Der Dortmunder Norden – eine Gegend, die man besser meidet. Ich wusste um die Neigung der Anwohner, für den billigen Kick die Luft aus den Reifen alter Mountainbikes zu inhalieren. Schon jetzt, am frühen Vormittag, waren die Spielplätze mit ihren rostigen Schaukeln und verkommenen Geräten überfüllt, und während ich einem dicken Kind auf der Rutsche, deren Gleitfläche scharf wie ein Gurkenhobel war, dabei zusah, wie es sich beim Hinuntergleiten in 50 Kilo grobe Mettwurst verwandelte, steckte ich mir eine an. Kurz nach neun am Tag, und es war dunkel wie im Bärenarsch.

An der Straßenecke sah ich zwei Gestalten auf Discorollern. Discoroller, jene Rollschuhe mit vier parallel montierten Rollen, waren wieder in Mode gekommen, nachdem ein älterer Herr versehentlich mit seinen Rollerblades in die Spur der Straßenbahn geraten war; ohne eine Möglichkeit zu bremsen war er bis in den Betriebshof der Verkehrsbetriebe Dortmund geglitten und dort über die Osterfeiertage verhungert.

Aber es waren nicht diese Oldschool-Dinger, die meine Aufmerksamkeit fesselten. Die beiden Discoroller-Gestalten versuchten ungelenk, mit leeren Bluna-Dosen ein Huhn zu steinigen, und das ging selbst im Dortmunder Norden zu weit.

»Hey!«, rief ich. »Lasst das, ihr Spinner!«

Die beiden wandten mir ihre Gesichter zu.

Ein älteres Ehepaar, erkannte ich. Der Blick des Mannes war leer, die Augen wie staubige Münzen, und eine Substanz, die Blut, aber auch TRi-TOP sein konnte, troff von seinen Lippen. Er grinste hirnlos. Fucking Jesus, dachte ich. Seine alte Lady packte das Huhn und zerpflückte es wie das Branchenbuch einer Bananenrepublik ohne funktionierende Infrastruktur, und was mir dann durch den Kopf schoss, ließ mich erschauern: zum einen die Frage, warum ich Metaphern benutzte, die in etwa so passten wie der Anzug eines bankrotten Bestatters aus dem rumänischen Hinterland – zum anderen die Erkenntnis, dass die Frau für ihr Alter einen fabelhaften Arsch hatte.

Ich steckte trotzdem in der Scheiße, ging mir auf. Und zwar wie ein blinder Bengale in einem Rasierklingen-Discounter. Das Paar rollte auf mich zu, mit den Armen wedelnd wie zwei Schmierenkomödianten in einer preisgünstigen Bollywoodverfilmung von SCHLAFLOS IN SEATTLE, und ich zuckte zurück wie Feivel der

Mauswanderer, der mit einem Stück Hartkäse in die Umkleidekabinen von Tschernobyl gelockt worden war. Angst, so klar, als hätte mir ein pockennarbiger Harlekin den Arsch mit einer Gießkanne kochenden Heilpflanzenöls abgefüllt, durchfuhr mich, und ich dachte: Verdammte Irre. Verdammte Metaphern.

Hier stimmte was nicht.

10:00 Uhr

Es lag hinter mir.

Man kann wohl behaupten, dass es ein harter Kampf war, obschon ich nicht eben in Schweiß geriet. Das Pärchen hatte mich angegriffen, obwohl ich sie hinreichend vorgewarnt hatte. Ich möchte hier das ganze, schockierende Protokoll des Gefechts wiedergeben:

Pärchen: Grunz!
Ich: Stopp.
Pärchen: Grunz!
Ich: Stopp, sag ich.
Pärchen: Grunz!
Ich: Sprech ich polnisch, oder was?
Pärchen: Grunz!
Ich: Ich mach euch lang. Stopp.
Pärchen: Grunz!
Ich: Ihr tretet hier gleich vor euren Schöpfer.
Pärchen: Grunz!
Ich: Ich werde euch gleich sehr verwämsen.
Pärchen: Grunz!
Ich: In Kürze gibt's was auf die Fontanelle.
Pärchen: Grunz!

Ich: Et gibt wat auf den Dez, Freunde.
Pärchen: Grunz!
Ich: Das ist doch Kinderkacke jetzt.
Pärchen: Grunz!
Ich: Gut, dann gibt's jetzt was auf die Fresse.
Pärchen: Was?
Ich: Grunz!

Es war zu spät. Was immer diese beiden Transusen waren, und welche schrullige Macht sie auch immer zu dem gemacht hatte, was sie nun waren – ein entsetzliches Paar, und ein entsetzlicher Satz, der zweimal »waren« und einmal »Macht« und das phonetisch ähnliche »gemacht« enthält: Sie konnten nicht wissen, was ich war. Wie sollten sie ahnen, wem sie entgegentraten?

Ich hatte bis zu meinem 16. Lebensjahr in einem NINJA-Clan im Sauerland gelebt und wusste um alle Tricks.

Unser Lehrmeister, Sensei Senseo, dem immer Kaffeepulver aus der Stirn rieselte, war ein Großmeister des Kampfes gewesen: Er war zudem der Bewahrer der Schriftrolle, die das Geheimnis enthielt, wie man den Anschein erweckte, ein dekorativer Keramik-Leopard zu sein; aber der Sensei hatte seinen Zenit überschritten und irgendwann nicht mehr aus seiner Rolle als Porzellanraubtier herausgefunden. Er war auf dem Türkenflohmarkt in der Bornstraße für 30 Euro verscheuert worden. Aber seine Lehren waren mir gegenwärtig. Als die beiden Idioten auf mich zu taumelten, erfüllte seine Stimme meinen Geist.

»Denk dran, junger Sträter – unschuldig kucken, dann anrotzen. Wenn das nicht hilft, Haare ziehen und kreischen.

Sollte auch dies keine Früchte tragen, spalte deinen Gegner mit einem benzinbetriebenen Rasenkantenschneider.«

»Ich habe keinen Scheiß-Rasenkantenschneider, Meister«, murmelte ich, und der Geist meines Sensei erwiderte sanft: »Pech – dann mach, wie du meinst.«

»Ja, danke«, sagte ich.

»Ja wie ›ja, danke‹?«, entgegnete der Sensei. »Dir konnte man ja sowieso nix beibringen. Du warst doch immer total beratungsresistent. Ich hab dir bestimmt fuffzig Mal gesagt, trainiere. Übe. Folge den Unterweisungen im schnellen, lautlosen Kampf. Und was war stets deine Antwort? Ich will aber Moped fahren. Moped fahren, immer nur Moped fahren. Ma kucken, ob dir das jetzt weiterhilft, Dummkopf. Jetzt musst du töten, aber du weißt nur, wo bei einem Mofa die Zündkerzen sitzen. Arme Wurst.«

Ich wollte antworten, war voller Zorn, aber das entseelte Paar war nah; ich reagierte reflexartig. Die steinernen Tafeln der Verbote aus dem Kloster glühten vor meinem geistigen Auge auf: »Schubsen verboten!« Trotzdem stieß ich den Mann in den Sand. Er fing sofort an zu weinen.

»UNWÜRDIGER!«, schrie der Sensei in meinem Kopf.

»Boah, kannst du jetzt mal die Fresse halten, ich versuch hier hart, zu überleben.«

In meinem Kopf ertönte die Windows-Abmelde-Melodie. Der Meister war fort.

Die Frau würgte mich geifernd. Ihre Hände, registrierte ich voll Entsetzen, rochen nach Nusspli. Was waren das für gottlose Kreaturen? Ich drosch ihr meinen Ellenbogen ins Gesicht, eine Maßnahme unterer Ordnung. So hatte es stets in den Klosterchroniken geheißen: WENN EIN KOPFABTRENNENDER ROUNDHOUSE-KICK DER MILLIONENGEWINN IST, SO IST EIN

ELLENBOGENSCHLAG NUR DIE 16.000-EURO-FRAGE!«

Trotzdem: Effektiv. Sie wankte nach hinten. Ich trat ihr volle Lotte gegen die Orsay-Bluse, und sie ging kreischend in die Knie.

»Volle Lotte« ist, wie ich en passant erwähnen möchte, kein Slang-Ausdruck. Schlagintensitäten werden bei den Ninja seit alters Gedenken in vier Stufen gemessen.

1. *Mit ordentlich Bums.* Führt zu Orientierungslosigkeit. Nicht tödlich. Angebracht, um sich bei Shakira-Konzerten nach vorn zu arbeiten.

2. *Volle Lotte.* Stark betäubend, mit lange nachklingendem Schmerzbild. Nicht tödlich. Wird mitunter in ruhrgebietstypische Begrüßungsrituale integriert, im Stil von: »Hallo Udo, alte Drecksau!«, dann Knie zur Kehle hoch und durchziehen.

3. *Krassomat.* Extrem schmerzhaft. Die Fähigkeit, den Urin zu halten, ist für immer ausgelöscht. Die meisten Krassomat-Opfer findet man auf Schützenfesten.

4. *Rubbel die Natter.* Potenziell tödlich. Funktioniert mit bloßen Händen, aber wahre Meister benutzen einen Bagger. Kann man eigentlich immer mal so bringen, ist aber ziemlich verboten.

Ich ging also sanft vor. Als beide Aggressoren am Boden lagen, schnappte ich mir den Kerl, riss ihn hoch und begann meine Befragung.

 »Was ist passiert?«

Der Kerl öffnete den Mund. Statt einer Antwort begann er leise zu singen. Es war eine der Fugen von Johann Sebastian Bach, erkannte ich, eine geschmeidige Melodie von mathematischer Eleganz, aber der Text gehörte zu *Da steht ein Pferd auf dem Flur.*

Ich leerte ihm die Taschen. Ein Ausweis. Der Mann war erst 19, sah aber aus wie ein Greis. Eine leere Capri-Sonne-Tüte. Dann der erste Beweis, dass hier in der Tat etwas völlig aus dem Ruder lief. Das Paar war Trickbetrügern aufgesessen. Ich hatte von derartigen Fällen gehört, der ganzen schmutzigen Schwarzmarkt-Nummer. Aber ich hatte es nicht glauben wollen. Zwei Kinokarten. Für das *Heute-Journal*.

Man nannte diese Leute Ticket-Wizards. Sie verkauften Billetts für Veranstaltungen, die nicht existierten. Ich erinnerte mich an einen besonders ekelhaften Fall, bei dem ein Inder Eintrittskarten für ein Musical namens *Uwe will hupen* gekauft hatte. Man hatte ihn auf dem Präsidium ausgelacht, und so hatte er versucht, sich vor Scham selbst mit seinen Pantoffeln zu ersticken. Da diese Pantoffeln von RENO waren, konnten sie allerdings komplett verdaut werden. Nicht immer ging es so gut ab. Immerhin hatte ich nun einen Punkt, an dem ich ansetzen konnte. Mein Verstand begann zu surren wie eine Nähmaschine, aber immer wieder fertigte er mit dem Zickzack-Stichprogramm vier Wörter: *Hier stimmt irgendwas nicht.*

AUS AKTUELLEM ANLASS:

EIN ZWISCHENBERICHT ZUM STAND DER JONGLAGE IM RUHRGEBIET

Niemand ist glücklicher als ich, dass der Ruf der Artistik, speziell der Jonglage besser geworden ist. Wo der Zuschauer-Tenor noch letztes Jahr lautete: »Warum lässt der Vogel nicht die Griffel von den Keulen, dat macht mich total fickerig«, ist dieses Jahr ein gewisses Verständnis eingekehrt. Auch bei mir. Sicher, wenn du die Nummer mit den Keulen auf der Bundeskegelbahn in Gelsenkirchen-Buer bringst, gibt's immer noch eins auf die Maske, da kennen die Herrschaften vom Kegelklub »Alle Neune, 40 Jägermeister und danach Swingerklub e. V.« kein Pardon, da hört das Verständnis auf.

Und es wird auch noch dauern, bis die Dialoge älterer Ehepärchen verstummen, die mit einer kunstfertigen Jonglage einhergehen.

Jongleur: »Hepp!«
Sie: »Wat soll dat denn?«
Er: »Ich weißet auch nich.«
Jongleur: »Hepp!«
Sie. »Ker, schon widder.«
Er: »Ich weißet doch auch nicht. »
Jongleur: »Hepp!«

Sie: »Macht der dat hauptberuflich?«
Er: »Mach domma den Kopp zu, Hildegard.«
Jongleur: »Hepp!«
Sie: »Is dat dieses Parkinson?«
Er: »Dat hat der extra geübt.«
Sie: »Also ich würd versuchen, dat mit Tabletten wegzukriegen.«
Jongleur: »Hepp!«
Er: »Ach wenner da Geld für kricht.«

Das ist generell die falsche Einstellung. Von Monaco bis tief ins Münsterland ist die Kunst der Jonglage eine vielgerühmte. Trotz der Unkenrufe böswilliger Kritiker, die in der Jonglage eine mutwillige Ausgrenzung sehen. Man sagt ja immer, Jonglage sei eine für jedermann erlernbare Kunst, aber wenn ich das höre, muss selbst ich immer an einen Mann denken, der aufgrund eines grässlichen Unfalls an der Bontempi-Orgel zwei Stahlhaken statt Hände hat. Ich habe da dunkle Visionen, einfach, weil ich denke, dass es auf der Bühne doof rüberkommt, wenn man ihm vor Publikum zwei Jojos an die Haken knotet. Entwürdigend. Andererseits braucht der zum gleichzeitigen Öffnen von zwei Kondensmilchdosen höchstens drei Sekunden, und da sehen die meisten Jongleure alt aus. So relativiert sich alles.

Ich sage: Hand aufs Herz. Wir brauchen Jongleure. Speziell im Gewerbe der Maler und Anstreicher.

Allein der von der Leiter herunterschallende Ruf: »Gib ma den Kleistereumel hoch«, rechtfertigt einen Artisten, der unten steht und Bürste, Spachtel, Tapeziermesser und Lappen rotieren lässt. Solange das Zeug oben ankommt, bevor die Kante wieder trocken ist, von mir aus auch zu dramatischer Musik.

Im Ruhrgebiet zählt eine furztrockene Kante, gerade bei Strukturtapeten, immer noch mehr als ein Artist, und das ist schade und bedauerlich. Die Künstler könnten uns kleinen Leuten helfen! Stichwort Ringjonglage. Kommt schon – welcher frisch versklavte Mann wünscht sich nicht vor dem Traualtar einen Trauzeugen, der die Eheringe so herumwirbelt, dass der Pastor sie nicht in die Pfoten kriegt?

Wir müssen uns dieser Kunst mehr öffnen. Freunde, ich weißet doch: Unser Herz schlägt an sich für die gleichen Aktivitäten, also Hand bis zum Ellenbogen in der Unterbuchse, Frikadelle fressen und *Die Auswanderer* gucken. Aber da muss ein Umdenken stattfinden.

Ich habe den größten Respekt für diese Akrobaten: Wie sie scheinbar die Schwerkraft aushebeln, den Naturgesetzen zeigen, wo beim Pavian die Hupe hängt, dieses ganze famose Rumgeschwurbel – das rockt. Gut, man könnte jetzt auch sagen, die Leute schmeißen Dinge in die Luft und schnappen sie wieder auf, aber das wäre einfach zu schlicht formuliert. Ich nenn das hier ja auch Literatur. Und was keiner weiß - ich bin ja privat auch selbst Teil einer Artistik-Formation.

Wir nennen uns DUO WIE KONNTE ICH MICH NUR MIT EINEM SPINNER WIE DIR EINLASSEN, und unsere Topnummer besteht darin, dass meine Freundin mit sperrigen Gegenständen nach mir wirft und ich ausweiche. Wie gesagt ist das weitestgehend unbekannt, außer bei unseren Nachbarn, die aber selbst eine Lyrik-Gruppe namens HALTET DIE FRESSE DA OBEN, SONST RUF ICH DIE BULLEN gebildet haben. Keine Ahnung, warum die immer zur selben Zeit wie wir trainieren. Gut, wir üben häufig. Mittlerweile haben wir jeden Mittwoch

Sperrmüll. Aber der Wille zählt. Und wir Künstler sind doch irgendwie alle ähnlich.

Ihr Akrobaten beherrscht diese Leichtigkeit, das Schweben – ich beherrsche es, alltägliche Dinge wunderschön zu formulieren und lyrisch zu verzieren. Ich bin quasi die Douglas-Ische unter den Wortverpackern.

Stark vereinfacht könnte ich beispielsweise sagen: Mein Bruder ist Ironman. Gut, das liegt daran, dass er sehr dick ist und Smart fährt, und wenn er da einsteigt, sieht das aus, als würde er eine Rüstung anlegen, der Wagen sitzt wirklich hauteng, aber dieser Gedanke ist nicht ganz so magisch, irgendwie.

Deswegen belassen wir's bei MEIN BRUDER IST IRONMAN.

Das ist mein Talent. Und ich lerne dazu. Lernen wir alle.

Lernen wir von den Jongleuren: Lernen wir loszulassen, lernen wir auffangen, lernen wir, nach vorn zu sehen und den Überblick zu behalten, oder lasst uns einfach nur zusehen und staunen.

Ich sage das aus zwei Gründen. Erstens: Diese akrobatische Kunst ist fast so alt wie die Welt selbst, und sie präsentiert die Wundermaschine Mensch in all ihrer Pracht, und zweitens dachte ich, ein bisschen schleimen wäre hier mal ganz passend, denn ich muss nächste Woche unser Esszimmer tapezieren.

ICH WILL KEINEN ÄRGER

Dieser Text hier soll mal klar zum Ausdruck bringen, dass ich keinen Ärger will. Ist Gift für mich. Das einzige, das noch krasser Gift für mich ist, ist Gift.

Aber wenn ich mich so umgucke, wird klar: Das passt alles hinten und vorne nicht mehr. Ich kann das kaum noch mit ansehen.

Ich bin Raucher. Ich rauche Zigaretten. Wer ist darauf gekommen, Elektrozigaretten zu erfinden, die man am USB-Anschluss aufladen muss? Es ist nicht dasselbe. Elektrozigaretten werden mit so Aroma-Eumeln betrieben, da gibt's für jeden Geschmack was: Kaffee, Tee, Suzuk, Mokka, Schokolade, Capri-Sonne, Hühnersuppe ... Ich rauche echte Zigaretten. Die haben genau eine Geschmacksrichtung: Grethe Weisers Achselhöhle. Fertig. Ich will morgens im Waschbecken sehen, was ich am Vorabend geraucht habe.

Starke Raucher können sich ja die Zähne putzen. Das ist mir alles zu weich geworden heutzutage. Wenn ich schon höre: »Nach dem Zähneputzen keinen O-Saft trinken!« Zahnpasta und O-Saft! Das schmecke furchtbar! Glaub mir, es gibt Schlimmeres: Fernet Branca und Nutella. Appenzeller Handkäse und Toffifee. Es gibt so viele schlimme Dinge im Leben eines Mannes. Da brauch ich nicht noch Elektrozigaretten. Vermutlich muss man GADGETTO-MARLBORO rufen, damit die angehen.

Oder Lyrik: Ich hab nichts gegen diesen galoppierenden Reim-Irrsinn, macht ihr mal. Mir passiert das allerdings oft, dass ich nach einigen zeitgenössischen Gedichten denke: Das ist ja 'n dicker Hund. Worum ging's?

Wo sind sie hin, die Gebrauchsgedichte für jedermann?

MESSER GABEL SCHERE LICHT
SIND FÜR KLEINE KINDER NICHT

Klasse. Andererseits ...

Was soll das? Seit wann ist Licht nix für Kinder? Wer hat sich das ausgedacht? Der Entführer von Natascha Kampusch?

Heutzutage sollte man wohl sagen:

Verbiete deiner Akne-Niete
Onanier'n zu *Feuchtgebiete*.

Oder:

Kaufe deinen Blagen nie
Haschisch und Nintendo WIJ.

Alles verkommt doch – gerade bei Kindern. Neulich kam mein Sohn zu mir, wies aus dem Fenster und fragte: »Wessen Fahrrad ist das da?« Ich sagte: »Kind, schau mal am Fahrrad vorbei in die Landschaft. Was siehste? Mein Sohn: »Ja, Dortmund.«

»Korrekt: Also wie heißt das? WEM SEIN FAHRRAD IST DAS DA?«

Da muss man zügig 'n Riegel vorschieben, sonst hast du in zehn Jahren Goethe im Kapuzenpulli im Esszimmer sitzen.

Will ich nicht. An sich will ich auch keine Frau im Haus. Ich möchte meine Ruhe. Ich hab so viele Anläufe unternommen, mir eine brave Frau ins Haus zu holen. Aber es scheiterte meist schon am ersten Gespräch.

Sie: »Ich bin so eine zum Pferdestehlen.«

Ich: »Wenn ich 'n Pferd brauch, kauf ich mir eins.«

Den Rest des Abends schwiegen wir.

Mit solchen Frauen kann das nix werden. Ich meine, ich bin jetzt kein Freund des klassischen Rollenmodells, die muss nicht putzen: Bei mir in der Wohnung ist Laminat verlegt, das über und über mit einem Unterhosenmotiv bedruckt ist – klingt erst mal seltsam, aber seitdem kann ich getragene Schlüpfer einfach liegen lassen und keiner merkt's.

Aber trotzdem: Die Frau zieht ein, und dann geht's bergab. Nach 'nem halben Jahr haste dann über dem Fernseher vier Laufmeter mit DVDs wie *Liebe in Zeiten der Cholera*, *Anna und die Liebe*, *Tatsächlich Liebe*, *Verliebt in Berlin* Und *Liebe Liebe Liebe*. Ganz rechts ein einzelner Film: *Blade*. Meiner.

Im Bücherregal dafür: *Die Wanderhure*, *Die Rückkehr der Wanderhure*, *Die Tochter der Wanderhure*, *Bonusmeilen für die Wanderhure*, *Eine Wanderhure wie Pech und Schwefel*, *Zwei Wanderhuren drehen auf*, *Eine Wanderhure sieht rot* und *Memoiren einer Wanderhure*, Untertitel: *Für einmal Ficken bleib ich gar nicht stehen*.

Lass mal.

Ich will meine Ruhe. Und erzähl mir nix von der Bankenkrise. Denen geht's zu gut. Sehe ich jede Woche bei mir im Geldinstitut. Diese gewollt szenige Werbung für Schüler-Konten und Azubi-Kredite:

»Jo, Kids, mal funky fünfhundert abheben und groovy ins Weekend durchstarten: Null Problemo mit dem ›spend like a Tier, pay back with Hartz 4‹-Kredit für alle tighten Job-Beginner. Ask the Man with the Motivkrawatte.

 Gimme Five, deine Spaßkasse.«

Man möchte sehr brechen. Diese Banken machen nur Scheiße, deswegen hier ein echter Geheimtipp: SMS für einen Cent. Deutschlandweit. Ohne Vertragsbindung. Klingt unglaublich, ist aber so. Es funktioniert wie folgt:

Einfach zur Bank gehen, 'nem Kollegen einen Cent überweisen und ins Feld VERWENDUNGSZWECK die Nachricht schreiben, also zum Beispiel: »Horst, alten Wämser, nächsten Dienstag kegeln? Gib mal Laut und grüß die Ute! Gutgehen, Dieter.«

Klar, Antwort dauert 'n bisschen, aber billiger geht nicht. Und Ihre Bank macht sich mal nützlich.

Überweisen Sie dem Finanzamt einfach mal 50 Cent und schreiben Sie in den Verwendungszweck KUCKUCK, IHR RÄUBER. Ich bin übrigens drauf gekommen, weil ich meinem Bruder mal kurzfristig 50 Euro lieh. Hat er mir sofort zurücküberwiesen. Im Feld Verwendungszweck: FÜR SEXUELLE GEFÄLLIGKEITEN. Blödmann.

Immerhin: Bildmitteilungen ohne Handy gehen auch. Einfach vom Kumpel das Auto leihen und wie ein Gaskranker über die A 40 knallen. Vier Wochen später bekommt er dann drollige Lichtbilder von Ihnen. Und sein Wagen ist auch mit drauf. Ist aber nicht ganz so billig wie das mit den SMS. Dafür kann man beim Geblitztwerden Pappschilder hochhalten, zum Beispiel mit »PIEP PIEP PIEP, ich hab dich lieb«.

Sollte man besser auch. Ich selbst trage auf der Autobahn immer eine Lord-Voldemort-Maske aus Gummi, da kann ich hinterher sagen: »Klar bin ich der Halter, aber den Typ ohne Nase kenn ich nicht.«

Man sollte es sich einfach machen. Ich bin tolerant. Du kannst von mir aus Elektrozigaretten rauchen. Demnächst gibt's bestimmt auch Elektro-Frikadellen. Kein Fleisch drin, gibt's aber in den Geschmacksrichtungen Kirsche, Arbeitsplatte, Multivitamin und Schimpansenarsch. Und wem seine Schuld ist das? Meine nicht. Einfach mal ruhig werden. Man muss nicht immer einen auf dicke Hose machen. Einfach mal 'n Gang zurückschalten.

Hier, zum Beispiel, Hammerpointe am Textende: Hab ich nicht. Und fertig.

28 DAYS STRAETER

DER ERSTE TRAILER

So. Wir sind fast fertig. Für dieses Mal. Hier kommt allerdings noch ein kleiner Trailer.
Ich bin ja ein großer Zombie-Fan. Schon immer. Filme, Bücher, TV-Serien ... wenn es halbwegs gut gemacht ist, ziehe ich es mir rein. Selbstverständlich wird seit Romeros frühen Werken nicht grade das Rad neu erfunden, aber die Zombie-Apokalypse hatte immer einen gewissen Reiz für mich. Deswegen habe ich (ebenfalls ohne das Rad neu zu erfinden) mal begonnen, meine Variante dieses Albtraums aus Untoten und Überlebenskampf niederzuschreiben. Es werden, wie der Titel vermuten lässt, 28 Teile. Jetzt, Ende November, habe ich sechs davon fertig und sitze fleißig an der Tastatur. Offen gestanden bin ich auch schon gespannt, wie ich während der Apokalypse und nur mit einem Koffer voller Dreckwäsche von Karlsruhe nach Dortmund komme. Ich werde Waffen brauchen. Oder clever sein müssen ... ich denke, die Waffen machen das Rennen.
Wenn's euch gefällt, lasst es mich wissen – ich überlege mir inzwischen, wie, wo und wann die restlichen 27 Kapitel ans Licht der Welt kommen. Bis bald!
Torsten

Mein Name ist Torsten Sträter. Ich bin so eine Art Kabarettist.

Nun, eigentlich bin ich eher Komiker ... ich habe keine klar umrissene politische Gesinnung. Zumindest keine, die ich zum Thema machen möchte. Ich finde lediglich, Frauen sollten so gut bezahlt werden wie Männer, Benzin ist zu teuer, Billigbäcker gehören gemieden, die Deutsche Bahn ist nicht so schlecht wie ihr Ruf, aber immer noch verdammt schlecht – und die Affen, die Visitenkarten mit *WIR WOLLEN IHR AUTO KAUFEN* in zwölf Farben und mit Prepaid-Nummer an meine Karre pappen, gehören verkloppt. Egal. Ich hab trotzdem den besten Job der Welt. Nicht den nützlichsten, das ist vermutlich Altenpflegerin, oder Arzt, oder Sanitäter, oder Aushilfe in einer heruntergekommenen Autowaschanlage am Rande Wattenscheids.

Für Witze Geld kriegen ... Nice. Sehr erfüllend. Man kommt immerhin viel rum. Das muss ich auch. Ich habe Verträge zu erfüllen, Wege zu gehen, Gags zu schreiben, die Sippe am Kacken zu halten.

Ich bin viel auf Tour. Das wirft zwei Fragen auf: Wo wäre ich ohne meine Agentur, diese emsigen Menschen mit den teuren Schuhen und den 90-Zoll-Apple-Rechnern, die Veranstalter kennen, welche Bühnen in Orten führen, von denen ich nicht mal das Bundesland kenne? Oberlinkshessen, Kreis Ommenburgdorfhausen, Regierungsbezirk Area 53. Was? Na ja.

Dank der Arbeit meiner Agentin war ich schon so ziemlich überall: in gestrandeten Raumschiffen wie Berlin, in Theatern, die nur aus Samt zu bestehen schienen, für Lau im Knast (Hallo, mein Name ist Ohne Cash), in Dörfern, in denen ein mittelmäßiger Witz über die Kirche einen Mob mit Fackeln und Mistgabeln auf den Plan brachte. Ich hatte 20 Zuschauer und 2000. Ich bin auf Geburtstagen aufgetreten und auf Galas. Falls das der Plural ist. Falls nicht, auch.

Die Arbeit meiner Agentin sorgt für Essen, Trinken, WLAN und Kleidung. Die korrekte Reihenfolge ist natürlich WLAN, dann der andere Kram. Ich bin ganz gut dabei. Beruflich fleißig. Ich habe eigentlich alles.

Sogar Gigs im Juli. Der sogenannten toten Zeit. Vielleicht, weil halbwegs normale Künstler dann Urlaub machen. Oder sagen wir machten, denn dieses Jahr ist alles anders. Die tote Zeit ist nun immer.

Das bringt uns zu Frage 2: Wie zum Teufel konnte es geschehen, dass die Verstorbenen sich erheben und die Republik überrennen?

Kommt das jetzt etwas abrupt? Sorry. Sie überrennen Deutschland auch nicht grad, sie wanken mehr so durch die Gegend. Arschlangsam. Der Auslöser?

Die BILD meinte, es sei verdorbenes Gemüse aus Holland, aber die meinen ja auch, sie müssten *Post von Wagner* publizieren. Mein Sohn ist zehn, und wenn er kacken muss, haben seine diesbezüglichen Ansagen mehr intellektuelle Qualität als Wagners Post.

Das Gesundheitsamt Berlin hält »eine Infektion« für den Auslöser. Aha. Vorher hielten sie eine neue Droge für verantwortlich, dann schlechte Alkopops, dann einfach nur die Kreuzberger Mentalität, aber ich war schon mal in Kreuzberg. Lässig und alternativ, ja sicher.... aber nicht ganz so lässig und alternativ wie eine Horde dahinschlurfender Leichen, denen das eigene Fleisch wie ein schlecht sitzender Kittel am Leib hängt.

Es begann im Osten. Das sagte zumindest ein Bauer. Glaubt man. Er war schlecht zu verstehen. Da kam nichts als ein Wortbrei aus »Kuh«, »Tod« und »Hilfe«. Der Slang, die Aufregung. Die zuständigen Polizisten waren aus Lübeck in die Pampa versetzt worden und fragten sich berechtigterweise: Was will er? Agrarsubventionen? Irgendwann holte der Herr Landwirt sein iPhone hervor und präsentierte ein selbstgedrehtes Video. Es zeigte eine Wiese am Spätnachmittag, darauf eine schwankende Gestalt, die Rindfleisch verzehrte. Roh. Im Stehen. Mit jeder Menge Rest-Rind in der Gegend. Muhend. Nicht schön.

Der Polizei war schnell klar: Sachbeschädigung. Da beißen besoffene Sachsen in lebende Tiere. Übel, aber auf jeden Fall lediglich Sachbeschädigung. Man empfahl dem betroffenen Bauern, dem Idioten auf der Wiese eine Rechnung zu präsentieren. Die beiden Beamten kamen mit, um der Angelegenheit Nachdruck zu verleihen.

Der Täter war noch vor Ort. Das Rind nicht so. Einer der Ordnungshüter filmte mit seiner privaten Digitalkamera. Beweissicherung. CSI Dorf.

Ich denke, ich muss nichts mehr zu dem hinlänglich durch YouTube bekannten Clip sagen. 9,4 Millionen Klicks. Aber für jene, die nicht über Internet verfügen, hier eine Abschrift:

Eine weitläufige Wiese, eingezäunt. Der Himmel, grau wie der benutzte *Clearasil*-Wattebausch des Mitesserkönigs.

Stimme des filmenden Polizisten (FP): »EY! Sie da! Kommen Sie mal ran hier!«

Die Gestalt auf der Wiese schwankt.

FP: »EY! Sportfreund! (zum Bauern) Marschieren Sie da mal hin.«

Der Bauer klettert über den niedrigen Zaun und stapft über die Wiese.

Der im Bild befindliche zweite (2P) Polizist nickt zufrieden.

2P: »So ist richtig.«

 FP: »Jau.«

Der Bauer erreicht die Gestalt. Er tippt ihr hart den Finger gegen die Brust. Die Gestalt ruckt nach vorn und verbeißt sich im Hals des Bauern. Eine Blutfontäne spritzt.

FP: »Hoppla.«

Der Bauer kreischt.

2P: »Also so ja wohl nicht.«

Der andere Polizist steigt ebenfalls über den Zaun und verfällt dann in Trab. Als er die Gestalt erreicht, ruft er: »Jetzt aber mal Feierabend hier! Personalausweis, aber flott.«

Die Gestalt lässt vom schreienden Bauern ab, taumelt kurz, schnellt dann vor und reißt die Kehle des Polizisten auf. Man sieht erneut Blut spritzen.

FP: »Hoppla.«

Die Gestalt macht sich auf den Weg Richtung filmender Polizist. Sie schwankt wie im Wind, strauchelt aber nicht. Die Schreie der Verletzten werden schnell leiser.

FB telefoniert. Das Bild verwackelt. Er ordert hektisch einen Krankenwagen.

Die taumelnde Person ist nun besser zu erkennen.

Im Clip sieht man, dass sie in zerfetzte Kleidung gehüllt ist. Sie trägt nur einen Schuh. Das Hemd ist nass von Blut.

FP filmt unbeirrt weiter, ruft aber: »STOPP!«

Die Gestalt ist nun nur noch etwa acht Meter entfernt. Sie hat keine Nase, ist dafür aber voller dunkler Flecken, von Fliegen bedeckt und selbst für den oberflächlichen Betrachter als ziemlich tot zu erkennen.

Im Hintergrund sieht man, wie der Bauer und der andere Polizist sich ungelenk erheben.

FB (ruft): »Herrschaften, geht's besser? Sah ja wild aus.«

Der offensichtlich Tote ist noch einen Meter entfernt. FB filmt ihm mitten ins Gesicht. Die Augen des Dings sind milchig, die Zähne abgebrochen und braun. Sie mahlen.

FB: »Für Sie wird es jetzt aber eng, Kollege, aber GANZ ENG, Angriff auf einen Polizisten, das ist kein Kavaliersdelikt, das geht heut mal ins Auge.«

Die Kamera meldet: SPEICHERKARTE VOLL.

Fertig. Found Footage-Zeug der übelsten Sorte.

Die Kommentare auf Youtube waren demensprechend:

RACER44678: VOLL DER SPACKEN, WIE VIEL HATTE DIE KARTE? 512 MB? SPAST.

Muratsexycastrop: Grad wenn spannend wird ey, beste. YOLO.

LISAWÜMP: ist das full HD?

The-Artist-formally-known-as-Grunz: Voll das Opfer. Geh sterben. LOL

Chance66.com: SCHNELL UND VON ZU HAUSE AUS GELD VERDIENEN? GEH AUF www.waescheklammernschnitzen.com

Na, den Rest kennen Sie vermutlich. Die Leichen kamen. Allerdings sind längst nicht alle der Meinung. Obwohl diese Dinge überall passierten und von den braven Bürgern der Republik gemeldet wurden.

Die Kanzlerin faselte was von »bemitleidenswerten Existenzen« und »Mundraub infolge gescheiterter Armutspolitik der SPD« , formulierte das Ganze aber um, als die Krankenhäuser im Umland ihres Anwesens hausierende Leichname ausspuckten, die augenblicklich anfingen, an Merkels Postkasten rumzukauen und keinen Hehl daraus machten, dass sie ziemlichen Hunger hatten und das durch eine Belagerung zu untermauern gedachten. Die Polizei rückte an. Viele von ihnen wurden gebissen, angesabbert oder sonstwie drangsaliert. Das machte es nicht besser.

Niemand ging von Zombies als Problem aus. Keine Sau. Hätte Thilo Sarrazin ein Buch namens »Deutschland frisst sich auf« geschrieben, wäre die Sache klar. Aber Sarazzins krude Nachbarschaftshetze lenkte jetzt natürlich sofort den Blick auf alle, die keinen Schrebergarten beharken oder morgens um elf zur »Frühschoppen« genannten Druckbetankung latschen. Das Problem sind natürlich Fremde, Doofe und Leute von drüben – gern auch eine Kombination der genannten. *Dawn of the Dead*, gern auch *Zombies im Kaufhaus*, wie der Film in bestem Bekloopptendeutsch genannt wird, hat scheinbar niemand kapiert. *Need for peed* aber, der seltsamerweise nicht *Das Bedürfnis nach Geschwindigkeit* heißt, ist eine Religion für sich, wie es aussieht. Kommen ja Autos drin vor. Ignorantes Pack. Dabei bin ich mir fast sicher, dass die Regierung Bescheid weiß. Denn: Sämtliche Gesundheitsämter schlossen sich für deutsche Verhältnisse geradezu sensationell schnell zu einer Art Super-Behörde zusammen, was aber auch nichts daran änderte, dass die Hauspost innerhalb des Gebäudes vier Tage brauchte. Auf Zack waren sie trotzdem. Man fing einen »Kranken« in den Straßen Berlins – er war arg verfallen, aber die Forschung brauchte Material. Man sperrte ihn in einen kugelsicheren Glaskasten und begann, ihm mittels spezieller Robotertechnik Blut abzuzapfen. Der Zombie stöhnte und schrie, aber nach einigen Stunden wurden seine Ausbrüche seltsam artikuliert, und am Folgetag fanden sie die Kreatur in der Ecke des Glasgefängnisses sitzend vor. Sie sagte: »Kinder, lasst den Scheiß, ich bin Helmut Berger.« Dann eben nicht.

Die Zahl der Toten erhöhte sich rasch, auch wenn man es in ländlichen Gebieten nicht so schnell merkte. Man spielt es immer noch runter. Möglicherweise, um Panik zu vermeiden, vielleicht aber auch wegen umfassender Dummheit. Untote kommen in Deutschland einfach nicht vor. Ein kleines Best Of:

»Einzelfälle krimineller ungeduschter Ausländer.« CSU

»Ein Trend der Amerikaner.« Die Grünen

»Gloobse nich, pass uff, wahre Geschichte, pass uff. Zombies.« Mario Barth

»Die neuen Tamagotchis der Generation Pay-Back.« Sascha Lobo

»Humpf grombl amoi Schmarrn gfuit hamba uff.« Niederbayer, Bedeutung unklar

Günter Grass schrieb ein Gedicht über »das wandelnde Proletariat, das nur den Tod billig haben konnte«, und dieses Gedicht war unfassbare Kacke. Die Zeichnungen gingen aber klar.

Unheilig machte mal wieder einen Song über jemanden, der zu früh ging, Tick-Tack, schade. Wie üblich reimte es sich nicht besonders.

Man kam irgendwann dahinter, dass man die Biester aufhalten konnte, indem man ihnen in die Rübe schoss. Den Untoten, nicht *Unheilig*. Übrigens fand man es zufällig heraus, weil ein Bundeswehrsoldat einen der Zombies quasi per Warnschuss zum Stoppen bringen wollte. Diese Kugel ging dem wandelnden Leichnam einmal längs durchs Hirn. Licht aus. Ein Hoch auf die Grundausbildung. Der Soldat kam vor ein Militärgericht. Totschlag. Obwohl das Opfer stank wie eine Schubkarre voller Gammelfleisch und aussah wie durch den Wolf gedreht. Chance vertan.

Die offizielle Stellungnahme der Regierung lautet (Stand heute):

»Die Polizei, das Rote Kreuz und die Bundeswehr sind rund um die Uhr (Montag bis Freitag 8:00-18:00) im Einsatz, um eine Ausbreitung dieser ärgerlichen Sache zu stoppen. Zeitweise kann es zu Verspätungen im Bahnverkehr und anderen öffentlichen Fortbewegungsmitteln kommen. Es gibt allerdings weder Zombies, noch Einhörner oder die Zahnfee. Es besteht zu keiner Zeit eine Gefahr für die Bevölkerung. Also bleiben Sie in Ihren Wohnungen. Man arbeitet daran. Schönen Tag noch.«

Ein bekannter Blogger schrieb: »Mein Nachbar ist tot und steht grunzend im Treppenhaus. Und ich habe Flurwoche. Epic Fail.«

Irgendwie erscheint mir der Blogger seriöser.

Und ich denke, die Zahnfee gibt es auch. Mein älterer Nachbar hat derartig viel Gold im Maul, dass ich überdies glaube, bei der Zahnfee handelt es sich um Harald Glööckler.

Ich sage: Die Welt geht den Bach runter. Sich zu verbarrikadieren ist eine dufte Idee. Tür zu, alle Staffeln von *Grey's Anatomy* bei Fuß, Essen rationieren und hoffen, dass E-Plus nicht den Arsch zukneift.

Ich kann aber nicht zu Hause bleiben.

Denn ich muss auf Tour. Meine Agentin hat da klare Vorstellungen: Vertrag ist Vertrag. Sagt der Künstler ab, gibt's nichts. Reist er jedoch an, und die Veranstaltung fällt aus, warum auch immer, gibt's die Festgage. Also muss ich auftreten. Knorke. Ich komme mir vor wie ein Verschwörungstheoretiker. Noch mal, Alter, die Zeichen sind doch wohl klar. Ich fasse zusammen: Tote Leute laufen rum. Sie greifen Lebende an. Es gibt einen Clip im

Netz, es gibt Augenzeugen, Fotos und Blogs, und es gibt George A. Romero und Konsorten! Ich bin doch nicht bescheuert.

Ich habe 28 Termine. Solo-Auftritte, Mixed Shows, Radio-Zeug. Alles dabei. Durch die gesamte Republik. Draußen tobt die Zombie-Apokalypse.

Astrein.

Ich werde dann mal packen.